ISBN : 978-2-211-23843-4

Loi numéro 49 956 du 16 juillet 1949 sur les publications destinées à la jeunesse : septembre 1977
Dépôt légal : novembre 2023
Imprimé en France par Gibert Clarey Imprimeurs à Chambray-lès-Tours (37)

Jules Verne

Vingt mille lieues sous les mers

Abrégé par Bernard Noël

Classiques
Texte abrégé

l'école des loisirs
11, rue de Sèvres, Paris 6e

Cette édition a été établie à partir du feuilleton paru dans Le Magasin d'éducation et de récréation *du 20 mars 1869 au 20 juin 1870.*

UN ÉCUEIL FUYANT

L'année 1866 fut marquée par un événement bizarre, un phénomène inexpliqué et inexplicable que personne n'a sans doute oublié. Sans parler des rumeurs qui agitaient les populations des ports et surexcitaient l'esprit public à l'intérieur des continents, les gens de mer furent particulièrement émus.

En effet, depuis quelque temps, plusieurs navires s'étaient rencontrés sur mer avec « une chose énorme », un objet long, fusiforme, parfois phosphorescent, infiniment plus vaste et plus rapide qu'une baleine.

Les faits relatifs à cette apparition, consignés aux divers livres de bord, s'accordaient assez exactement sur la structure de l'objet ou de l'être en question, la vitesse incalculable de ses mouvements, la puissance surprenante de sa locomotion, la vie particulière dont il semblait doué. Si c'était un cétacé, il surpassait en volume tous ceux que la science avait classés jusqu'alors.

À prendre la moyenne des observations faites à diverses reprises, on pouvait affirmer que cet être phénoménal dépassait de beaucoup toutes les dimensions admises jusqu'à ce jour par les ichtyologistes – s'il existait toutefois.

Or il existait, le fait en lui-même n'était plus niable. En effet, le 20 juillet 1866, le steamer *Governor-*

Higginson avait rencontré cette masse mouvante à cinq milles dans l'est des côtes de l'Australie. Il fut également observé le 23 juillet de la même année, dans les mers du Pacifique, par le *Cristobal-Colon*.

Quinze jours plus tard, à deux mille lieues de là, l'*Helvetia* et le *Shannon*, marchant à contre-bord dans cette portion de l'Atlantique comprise entre les États-Unis et l'Europe, se signalèrent respectivement le monstre par 42° 15' de latitude nord et 60° 35' de longitude à l'ouest du méridien de Greenwich.

Ces rapports arrivés coup sur coup émurent profondément l'opinion publique. Dans les pays d'humeur légère, on plaisanta le phénomène, mais les pays graves et pratiques, l'Angleterre, l'Amérique, l'Allemagne, s'en préoccupèrent vivement.

Partout dans les grands centres, le monstre devint à la mode. On le chanta dans les cafés, on le bafoua dans les journaux, on le joua sur les théâtres.

Alors éclata l'interminable polémique des crédules et des incrédules dans les sociétés savantes et les journaux scientifiques.

Pendant les premiers mois de l'année 1867, la question parut être enterrée, et elle ne semblait pas devoir renaître, quand de nouveaux faits furent portés à la connaissance du public. Il ne s'agit plus alors d'un problème scientifique à résoudre, mais bien d'un danger réel et sérieux à éviter. La question prit une tout autre face. Le monstre redevint îlot, rocher, écueil, mais écueil fuyant, indéterminable, insaisissable.

Le 13 avril 1867, la mer étant belle, la brise maniable, le *Scotia* se trouvait par 15° 12' de longitude et 45° 37' de latitude. Il marchait avec une vitesse de treize nœuds quarante-trois centièmes sous la poussée de ses mille chevaux-vapeur.

À quatre heures dix-sept minutes du soir, un choc se produisit sur la coque, par sa hanche et un peu en arrière de la roue de bâbord.

Le *Scotia* n'avait pas heurté, il avait été heurté. L'abordage avait semblé si léger, que personne ne s'en fût inquiété à bord, sans le cri des soutiers qui remontèrent sur le pont en s'écriant: «Nous coulons! Nous coulons!» Tout d'abord, les passagers furent très effrayés; mais le capitaine Anderson se hâta de les rassurer. Le *Scotia*, divisé en sept compartiments par des cloisons étanches, devait braver impunément une voie d'eau.

Le capitaine fit stopper immédiatement, et l'un des matelots plongea pour reconnaître l'avarie. Quelques instants après, on constatait l'existence d'un trou large de deux mètres dans la carène du steamer. Une telle voie d'eau ne pouvait être aveuglée, et le *Scotia*, ses roues à demi noyées, dut continuer ainsi son voyage. Après trois jours d'un retard qui inquiéta vivement Liverpool, il entra dans les bassins de la Compagnie.

Les ingénieurs procédèrent alors à la visite du *Scotia*, qui fut mis en cale sèche. Ils ne purent en croire leurs yeux. À deux mètres et demi au-dessous de la flottaison s'ouvrait une déchirure régulière, en forme de triangle isocèle. La cassure de la tôle était d'une netteté parfaite, et elle n'eût pas été frappée plus sûrement à l'emporte-pièce. Il fallait donc que l'outil perforant qui l'avait produite fût d'une trempe peu commune et, après avoir été lancé avec une force prodigieuse, ayant ainsi percé une tôle de quatre centimètres, il avait dû se retirer de lui-même par un mouvement rétrograde et vraiment inexplicable.

Ce dernier fait eut pour résultat de passionner à nouveau l'opinion publique. Depuis ce moment, en effet, les sinistres maritimes qui n'avaient pas de cause déterminée furent mis sur le compte du monstre. Ce fantastique animal endossa la responsabilité de tous ces naufrages, dont le nombre est malheureusement considérable. Grâce à lui, les communications entre les divers continents devenant de plus en plus dangereuses, le public se déclara et demanda catégoriquement que les mers fussent débarrassées, et à tout prix, de ce formidable cétacé.

LE POUR ET LE CONTRE

À l'époque où ces événements se produisirent, je revenais d'une exploration scientifique entreprise dans les mauvaises terres du Nebraska, aux États-Unis. En ma qualité de professeur suppléant au Muséum d'histoire naturelle de Paris, le gouvernement français m'avait joint à cette expédition. Après six mois passés dans le Nebraska, chargé de précieuses collections, j'arrivai à New York vers la fin de mars. Mon départ pour la France était fixé aux premiers jours de mai. Je m'occupais donc, en attendant, de classer mes richesses minéralogiques, botaniques et zoologiques, quand arriva l'incident du *Scotia*.

J'étais parfaitement au courant de la question à l'ordre du jour, et comment ne l'aurais-je pas été? J'avais lu et relu tous les journaux américains et européens sans être plus avancé. Ce mystère m'intriguait. Dans l'impossibilité de me former une opinion, je flottais d'un extrême à l'autre.

Deux solutions possibles de la question créaient deux clans très distincts de partisans: d'un côté, ceux qui tenaient pour un monstre d'une force colossale; de l'autre, ceux qui tenaient pour un bateau «sous-marin» d'une extrême puissance motrice. Or cette dernière hypothèse, admissible après tout, ne put résister aux enquêtes qui furent poursuivies dans les deux mondes.

Le monstre revint donc à flot, et les imaginations se laissèrent bientôt aller aux plus absurdes rêveries.

À mon arrivée à New York, plusieurs personnes m'avaient fait l'honneur de me consulter sur le phénomène en question. J'avais publié en France un ouvrage in-quarto en deux volumes intitulé *Les Mystères des grands fonds sous-marins*. Ce livre, particulièrement goûté du monde savant, faisait de moi un spécialiste dans cette partie assez obscure de l'histoire naturelle. Mon avis me fut demandé. Et même « l'honorable Pierre Aronnax, professeur au Muséum de Paris » fut mis en demeure par le *New York Herald* de formuler une opinion quelconque.

Je m'exécutai. Et je donne ici la conclusion d'un article très nourri que je publiai dans le numéro du 30 avril.

« Ainsi donc, disais-je, après avoir examiné une à une les diverses hypothèses, il faut nécessairement admettre l'existence d'un animal marin d'une puissance excessive. »

Au fond, j'admettais l'existence du « monstre ».

Les masses liquides transportent les plus grandes espèces connues des mammifères, et peut-être recèlent-elles des mollusques d'une incomparable taille, des crustacés effrayants à contempler, tels que seraient des homards de cent mètres ou des crabes pesant deux cents tonnes ! Pourquoi non ? Autrefois, les animaux terrestres étaient construits sur des gabarits gigantesques. Pourquoi la mer, dans ses profondeurs ignorées, n'aurait-elle pas gardé ces vastes échantillons de la vie d'un autre âge ? Pourquoi ne cacherait-elle pas dans son sein les dernières variétés de ces espèces titanesques, dont les années sont des siècles, et les siècles des millénaires ?

Le public admit sans conteste l'existence d'un être prodigieux. Mais si les uns ne virent là qu'un problème purement scientifique à résoudre, les autres furent d'avis de purger l'Océan de ce redoutable monstre.

Une frégate à éperon, de grande marche, l'*Abraham-Lincoln*, se mit en mesure de prendre la mer au plus tôt. Les arsenaux furent ouverts au commandant Farragut, qui pressa activement l'armement de sa frégate.

Trois heures avant que l'*Abraham-Lincoln* ne quittât le pier de Brooklyn, je reçus une lettre libellée en ces termes :

Monsieur Aronnax,
professeur au Muséum de Paris,
Fifth Avenue hotel,
New York.

Monsieur,

*Si vous voulez vous joindre à l'expédition de l'*Abraham-Lincoln*, le gouvernement de l'Union verra avec plaisir que la France soit représentée par vous dans cette entreprise. Le commandant Farragut tient une cabine à votre disposition.*

Très cordialement vôtre
J.-B. Hobson
Secrétaire de la Marine.

COMME IL PLAIRA À MONSIEUR

Trois secondes avant l'arrivée de la lettre de J.-B. Hobson, je ne songeais pas plus à poursuivre la licorne qu'à tenter le passage du Nord-Ouest. Trois secondes après avoir lu la lettre de l'honorable secrétaire de la Marine, je comprenais enfin que ma véritable vocation, l'unique but de ma vie, était de chasser ce monstre inquiétant et d'en purger le monde.

– Conseil ! criai-je d'une voix impatiente.

Conseil était mon domestique. Un garçon dévoué qui m'accompagnait dans tous mes voyages ; un brave Flamand que j'aimais et qui me le rendait bien ; un être flegmatique par nature, régulier par principe, zélé par habitude, s'étonnant peu des surprises de la vie, très adroit de ses mains, apte à tout service, et, en dépit de son nom, ne donnant jamais de conseils – même quand on ne lui en demandait pas.

À se frotter aux savants de notre petit monde du Jardin des Plantes, Conseil en était venu à savoir quelque chose. J'avais en lui un spécialiste très ferré sur les classifications d'histoire naturelle, parcourant avec une agilité d'acrobate toute l'échelle des embranchements, des groupes, des classes, des sous-classes, des ordres, des familles, des genres, des sous-genres, des espèces et des variétés. Mais sa science s'arrêtait là. Classer, c'était sa vie, et il n'en savait pas davantage.

Très versé dans la théorie de la classification, peu dans la pratique, il n'eût pas distingué, je crois, un cachalot d'une baleine !

Ce garçon avait trente ans, et son âge était à celui de son maître comme quinze est à vingt. Qu'on m'excuse de dire ainsi que j'avais quarante ans.

– Conseil ! criai-je.

Conseil parut.

– Monsieur m'appelle ? dit-il en entrant.

– Oui, mon garçon. Prépare-moi, prépare-toi. Nous partons dans deux heures.

– Comme il plaira à Monsieur, répondit tranquillement Conseil.

– Tu sais, mon ami, il s'agit du monstre… du fameux narval… Nous allons en purger les mers !… Mission glorieuse… dangereuse aussi ! On ne sait pas où l'on va.

– Comme fera Monsieur je ferai, répondit Conseil.

Un quart d'heure après, nos malles étaient prêtes. Conseil avait fait en un tour de main, et j'étais sûr que rien ne manquait, car ce garçon classait les chemises et les habits aussi bien que les oiseaux ou les mammifères.

L'ascenseur de l'hôtel nous déposa au grand vestibule de l'entresol. Je réglai ma note et, Conseil me suivant, je sautai dans une voiture.

En quelques minutes, nous arrivions au quai près duquel l'*Abraham-Lincoln* vomissait par ses deux cheminées des torrents de fumée noire.

Nos bagages furent immédiatement transbordés sur le pont de la frégate. Je me précipitai à bord. Je demandai le commandant Farragut. Un des matelots me conduisit sur la dunette, où je me trouvai en présence d'un officier de bonne mine qui me tendit la main.

– Monsieur Pierre Aronnax ? me dit-il.

– Lui-même, répondis-je. Le commandant Farragut ?

– En personne. Soyez le bienvenu, monsieur le professeur. Votre cabine vous attend.

Je saluai, et laissant le commandant aux soins de son appareillage, je me fis conduire à la cabine qui m'était destinée.

– Nous serons bien ici, dis-je à Conseil.

– Aussi bien, n'en déplaise à Monsieur, répondit Conseil, qu'un bernard-l'hermite dans la coquille d'un buccin.

À ce moment, le commandant Farragut faisait larguer les dernières amarres qui retenaient l'*Abraham-Lincoln* au pier de Brooklyn.

Les quais de Brooklyn et toute la partie de New York qui borde la rivière de l'Est étaient couverts de curieux. Trois hurrahs, partis de cinq cent mille poitrines, éclatèrent successivement. Des milliers de mouchoirs s'agitèrent et saluèrent l'*Abraham-Lincoln* jusqu'à son arrivée dans les eaux de l'Hudson.

Alors, la frégate, suivant l'admirable rive droite du fleuve, passa entre les forts qui la saluèrent de leurs plus gros canons.

À huit heures du soir, elle courut à toute vapeur sur les sombres eaux de l'Atlantique.

NED LAND

Le commandant Farragut était un bon marin, digne de la frégate qu'il commandait. Son navire et lui ne faisaient qu'un. Sur la question du cétacé, aucun doute ne s'élevait dans son esprit : ou le commandant Farragut tuerait le narval, ou le narval tuerait le commandant Farragut. Pas de milieu.

Les officiers de bord partageaient l'opinion de leur chef.

Quant à l'équipage, il ne demandait qu'à rencontrer la licorne, à la harponner, à la hisser à bord, à la dépecer. Il surveillait la mer avec une scrupuleuse attention. D'ailleurs, le commandant Farragut parlait d'une certaine somme de deux mille dollars, réservée à quiconque signalerait l'animal. Je laisse à penser si les yeux s'exerçaient à bord de l'*Abraham-Lincoln*.

Le commandant Farragut avait soigneusement pourvu son navire d'appareils propres à pêcher le gigantesque cétacé. Nous possédions tous les engins connus, depuis le harpon jusqu'aux balles explosibles des canardières.

Mais il y avait mieux encore. Il y avait Ned Land, le roi des harponneurs.

Ned Land était un Canadien, d'une habileté de main peu commune, et qui ne connaissait pas d'égal dans son périlleux métier.

Ned Land avait environ quarante ans. C'était un homme de grande taille, vigoureusement bâti, l'air grave, peu communicatif, violent parfois, et très rageur quand on le contrariait. La puissance de son regard accentuait singulièrement sa physionomie.

Qui dit Canadien dit Français et, si peu communicatif que fût Ned Land, je dois avouer qu'il se prit d'une certaine affection pour moi. Ma nationalité l'attirait sans doute. C'était une occasion pour lui de parler, et pour moi d'entendre cette vieille langue de Rabelais qui est encore en usage dans quelques provinces canadiennes.

Peu à peu, Ned prit goût à causer, et j'aimais à entendre le récit de ses aventures dans les mers polaires. Il racontait ses pêches et ses combats avec une grande poésie naturelle.

Et maintenant quelle était l'opinion de Ned Land sur la question du monstre marin ? Je dois avouer qu'il ne croyait guère à la licorne et que, seul à bord, il ne partageait pas la conviction générale.

À L'AVENTURE !

Le voyage de l'*Abraham-Lincoln*, pendant quelque temps, ne fut marqué par aucun incident.

La frégate prolongea la côte sud-est de l'Amérique avec une rapidité prodigieuse. Le 3 juillet, nous étions à l'ouvert du détroit de Magellan, à la hauteur du cap des Vierges. Mais le commandant Farragut ne voulut pas prendre ce sinueux passage et manœuvra de manière à doubler le cap Horn.

Le 6 juillet, vers trois heures du soir, l'*Abraham-Lincoln* doubla cet îlot solitaire, ce roc perdu à l'extrémité du continent américain. La route fut donnée vers le nord-ouest, et, le lendemain, l'hélice de la frégate battit enfin les eaux du Pacifique.

– Ouvre l'œil ! ouvre l'œil ! répétaient les marins.

Et ils l'ouvraient démesurément. Jour et nuit, on observait la surface de l'Océan.

Je n'étais pas le moins attentif du bord, et que de fois j'ai partagé l'émotion de l'état-major, de l'équipage, lorsque quelque capricieuse baleine élevait son dos noirâtre au-dessus des flots ! Chacun, la poitrine haletante, l'œil trouble, observait la marche du cétacé. Je regardais, je regardais à en user ma rétine, tandis que Conseil me répétait d'un ton calme :

– Si Monsieur voulait avoir la bonté de moins écarquiller les yeux, Monsieur verrait bien davantage !

Mais, vaine émotion ! L'*Abraham-Lincoln* modifiait sa route, courait sur l'animal signalé, simple baleine ou cachalot vulgaire, qui disparaissait bientôt au milieu d'un concert d'imprécations !

Le 20 juillet, le tropique du Capricorne fut coupé par 105° de longitude, et le 27 du même mois, nous franchissions l'équateur sur le cent dixième méridien. Ce relèvement fait, la frégate prit une direction plus décidée vers l'ouest et s'engagea dans les mers centrales du Pacifique.

Nous étions enfin sur le théâtre des derniers ébats du monstre ! Et, pour tout dire, on ne vivait plus à bord. L'équipage entier subissait une surexcitation nerveuse dont je ne saurais donner l'idée. On ne mangeait pas, on ne dormait plus. Vingt fois par jour, une erreur d'appréciation, une illusion d'optique de quelque matelot perché sur les barres, causaient d'intolérables émotions.

Pendant trois mois – trois mois dont chaque jour durait un siècle ! –, l'*Abraham-Lincoln* sillonna toutes les mers septentrionales du Pacifique, courant aux baleines signalées, faisant de brusques écarts de route, virant subitement d'un bord sur l'autre, forçant ou renversant sa vapeur, et il ne laissa pas un point inexploré des rivages du Japon à la côte américaine. Et rien ! rien que l'immensité des flots déserts ! rien qui ressemblât à un narval gigantesque, ni à un îlot sous-marin, ni à une épave de naufrage, ni à un écueil fuyant, ni à quoi que ce fût de surnaturel !

La réaction se fit donc. Le découragement s'empara d'abord des esprits, et ouvrit une brèche à l'incrédulité. Un nouveau sentiment se produisit à bord, qui se composait de trois dixièmes de honte contre sept dixièmes de fureur. On était «tout bête» de s'être laissé prendre à une chimère, mais encore plus furieux !

Cette recherche inutile ne pouvait se prolonger plus longtemps. L'*Abraham-Lincoln* n'avait rien à se reprocher, ayant tout fait pour réussir. Son insuccès ne saurait lui être imputé; il ne restait plus qu'à revenir. Une représentation dans ce sens fut faite au commandant.

Le commandant Farragut, comme autrefois Colomb, demanda trois jours de patience. Si dans le délai de trois jours le monstre n'avait pas paru, l'homme de barre donnerait trois tours de roue, et l'*Abraham-Lincoln* prendrait route vers les mers européennes.

Cette promesse fut faite le 2 novembre. Elle eut tout d'abord pour résultat de ranimer les défaillances de l'équipage. L'Océan fut observé avec une nouvelle attention.

Mais le soir du 4 novembre arriva sans que se fût dévoilé ce mystère sous-marin.

Le lendemain, 5 novembre, à midi, expirait le délai de rigueur.

La frégate se trouvait alors par 31° 15' de latitude nord et par 136° 42' de longitude est. Les terres du Japon nous restaient à moins de deux cents milles sous le vent. La nuit approchait. On venait de piquer huit heures.

En ce moment, j'étais appuyé à l'avant, sur le bastingage de tribord. Conseil, posté près de moi, regardait devant lui. L'équipage, juché dans les haubans, examinait l'horizon qui se rétrécissait et s'obscurcissait peu à peu. Les officiers, armés de leur lorgnette de nuit, fouillaient l'obscurité croissante.

En observant Conseil, je constatai que ce brave garçon subissait tant soit peu l'influence générale. Du moins, je le crus ainsi.

– Allons, Conseil, lui dis-je, voilà une dernière occasion d'empocher deux mille dollars.

– Que Monsieur me permette de le lui dire, répondit Conseil, je n'ai jamais compté sur cette prime. Quand on a l'honneur d'être un savant comme Monsieur, on ne s'expose pas…

Conseil ne put achever son compliment. Au milieu du silence général, une voix venait de se faire entendre. C'était la voix de Ned Land, et Ned Land s'écriait :

– Ohé ! la chose en question, sous le vent, par le travers à nous !

À TOUTE VAPEUR

À ce cri, l'équipage entier se précipita vers le harponneur. L'ordre de stopper avait été donné, et la frégate ne courait plus que sur son erre.

À deux encablures de l'*Abraham-Lincoln* et de sa hanche de tribord, la mer semblait être illuminée par-dessous. Le monstre, immergé à quelques toises de la surface des eaux, projetait cet éclat très intense.

– Ce n'est qu'une agglomération de molécules phosphorescentes ! s'écria l'un des officiers.

– Non, monsieur, répliquai-je. Jamais les pholades ou les salpes ne produisent une si puissante lumière. Cet éclat est de nature essentiellement électrique… D'ailleurs, voyez ! il se déplace ! il s'élance sur nous !

Un cri général s'éleva de la frégate.

– Silence ! dit le commandant Farragut. La barre au vent, toute ! Machine en arrière !

Ces ordres furent exécutés, et la frégate s'éloigna rapidement du foyer lumineux.

Je me trompe. Elle voulut s'éloigner, mais le surnaturel animal se rapprocha avec une vitesse double de la sienne.

Nous étions haletants. La stupéfaction, bien plus que la crainte, nous tenait muets et immobiles. L'animal nous gagnait en se jouant. Il fit le tour de la frégate, puis il s'éloigna de deux ou trois milles. Tout d'un coup, des obscures limites de l'horizon, où il alla prendre son élan, le monstre fonça subitement sur l'*Abraham-Lincoln* avec une effrayante rapidité, s'arrêta brusquement à vingt pieds, s'éteignit. À chaque instant, une collision pouvait se produire, qui nous eût été fatale.

On resta sur le qui-vive jusqu'au jour, et l'on se prépara au combat. Les engins de pêche furent disposés le long des bastingages. Le second fit charger ces espingoles qui lancent un harpon à une distance d'un mille et de longues canardières à balles explosives dont la blessure est mortelle, même aux plus puissants animaux. Ned Land s'était contenté d'affûter son harpon, arme terrible dans sa main.

À six heures, l'aube commença à poindre.

– La chose en question, par bâbord derrière ! cria le harponneur.

Là, à un mille et demi de la frégate, un long corps noirâtre émergeait d'un mètre au-dessus des flots.

L'équipage attendait impatiemment les ordres de son chef. Celui-ci, après avoir attentivement observé l'animal, fit appeler l'ingénieur.

– Monsieur, dit le commandant, vous avez de la pression ?

– Oui, monsieur, répondit l'ingénieur.

– Bien. Forcez vos feux, et à toute vapeur !

Trois hurrahs accueillirent cet ordre. L'heure de la lutte avait sonné. Quelques instants après, les deux cheminées de la frégate vomissaient des torrents de fumée noire, et le pont frémissait sous le tremblement des chaudières.

L'*Abraham-Lincoln*, chassé en avant par sa puissante hélice, se dirigea droit sur l'animal. Celui-ci le laissa indifféremment s'approcher à une demi-encablure; puis, dédaignant de plonger, il prit une petite allure de fuite et se contenta de maintenir la distance.

Cette poursuite se prolongea pendant trois quarts d'heure environ, sans que la frégate gagnât deux toises sur le cétacé.

Le commandant Farragut tordait avec rage l'épaisse touffe de poils qui foisonnait sous son menton.

– Ingénieur, cria-t-il, faites monter la pression!

Les feux furent plus activement poussés; l'hélice donna quarante-trois tours à la minute, et la vapeur fusa par les soupapes. On constata que l'*Abraham-Lincoln* marchait à raison de dix-huit milles cinq dixièmes à l'heure. Mais le maudit animal filait aussi avec une vitesse de dix-huit milles cinq dixièmes.

L'ingénieur fut encore une fois appelé.

– Vous avez atteint votre maximum de pression? lui demanda le commandant.

– Oui, monsieur, répondit l'ingénieur.

– Et vos soupapes sont chargées?...

– À six atmosphères et demie.

– Chargez-les à dix atmosphères.

– Conseil, dis-je à mon brave serviteur, sais-tu bien que nous allons probablement sauter?

– Comme il plaira à Monsieur! répondit Conseil.

Eh bien! je l'avouerai, cette chance, il ne me déplaisait pas de la risquer.

L'ingénieur obéit. Le manomètre marqua dix atmosphères. Mais le cétacé «chauffa», lui aussi, sans doute, car, sans se gêner, il fila ses dix-neuf milles et trois dixièmes.

Le commandant Farragut se décida alors à employer des moyens plus directs.

– Ah ! dit-il, cet animal-là va plus vite que l'*Abraham-Lincoln* ! Eh bien ! nous allons voir s'il distancera ses boulets coniques.

Le canon de gaillard fut immédiatement chargé et braqué. Le coup partit, mais le boulet passa à quelques pieds au-dessus du cétacé.

– À un autre plus adroit ! cria le commandant, et cinq cents dollars à qui percera cette infernale bête !

Un vieux canonnier à barbe grise s'approcha de sa pièce, la mit en position et visa longtemps. Une forte détonation éclata. Le boulet atteignit son but, il frappa l'animal, mais, glissant sur sa surface arrondie, il alla se perdre à deux milles en mer.

La chasse recommença.

On pouvait espérer que l'animal s'épuiserait. Mais il n'en fut rien. Je n'estime pas à moins de cinq cents kilomètres la distance qu'il parcourut pendant cette malencontreuse journée du 6 novembre ! Mais la nuit vint et enveloppa de ses ombres le houleux océan.

Je crus que notre expédition était terminée et que nous ne reverrions plus jamais le fantastique animal. Je me trompais.

À dix heures cinquante minutes du soir, la clarté électrique réapparut, à trois milles au vent de la frégate.

Le narval semblait immobile. Peut-être, fatigué de sa journée, dormait-il ? Il y avait là une chance dont le commandant Farragut résolut de profiter.

Il donna ses ordres. L'*Abraham-Lincoln* s'avança prudemment pour ne pas éveiller son adversaire. Ned Land alla reprendre son poste dans les sous-barbes du beaupré.

La frégate s'approcha sans bruit, stoppa à deux encablures de l'animal. Un silence profond régnait sur le pont.

En ce moment, penché sur la lisse du gaillard d'avant, je voyais au-dessous de moi Ned Land, accroché d'une main à la martingale, de l'autre brandissant son terrible harpon. Vingt pieds à peine le séparaient de l'animal immobile.

Tout d'un coup, son bras se détendit violemment, et le harpon fut lancé. J'entendis le choc sonore de l'arme, qui semblait avoir heurté un corps dur.

La clarté électrique s'éteignit soudain, et deux énormes trombes d'eau s'abattirent sur le pont de la frégate, renversant les hommes, brisant les saisines et les dromes.

Un choc effroyable se produisit, et, lancé par-dessus la lisse, sans avoir le temps de me retenir, je fus précipité à la mer.

UNE BALEINE D'ESPÈCE INCONNUE

Je suis bon nageur, sans prétendre égaler Byron et Edgar Poe, qui furent des maîtres, et ce plongeon ne me fit point perdre la tête. Deux vigoureux coups de talon me ramenèrent à la surface de la mer.

Les ténèbres étaient profondes. J'entrevis une masse noire qui disparaissait vers l'est, et dont les feux de position s'éteignirent dans l'éloignement. C'était la frégate. Je me sentis perdu.

– À moi! à moi! criai-je, en nageant vers l'*Abraham-Lincoln* d'un bras désespéré.

Mes vêtements m'embarrassaient. L'eau les collait à mon corps. Ils paralysaient mes mouvements. Je coulais! Je suffoquais!...

– À moi!

Ce fut le dernier cri que je jetai. Ma bouche s'emplit d'eau. Je me débattis, entraîné dans l'abîme...

Soudain mes habits furent saisis par une main vigoureuse, je me sentis violemment ramené à la surface de la mer, et j'entendis, oui, j'entendis ces paroles prononcées à mon oreille:

– Si Monsieur veut avoir l'extrême obligeance de s'appuyer sur mon épaule, Monsieur nagera beaucoup plus à son aise.

Je saisis d'une main le bras de mon fidèle Conseil.

– Toi! dis-je, toi!

– Moi-même, répondit Conseil, et aux ordres de Monsieur.

– Et ce choc t'a précipité en même temps que moi à la mer ?

– Nullement. Mais, étant au service de Monsieur, j'ai suivi Monsieur.

L'imperturbable sang-froid de Conseil me remonta. Je nageai plus vigoureusement ; mais, gêné par mes vêtements qui me serraient comme une chape de plomb, j'éprouvais une extrême difficulté à me soutenir. Conseil s'en aperçut.

– Que Monsieur me permette de lui faire une incision, dit-il.

Et, glissant un couteau ouvert sous mes habits, il les fendit de haut en bas d'un coup rapide. Puis, il m'en débarrassa lestement, tandis que je nageais pour tous les deux. À mon tour, je rendis le même service à Conseil, et nous continuâmes de « naviguer » l'un près de l'autre. Cependant, la situation n'en était pas moins terrible.

Je résolus alors de diviser nos forces afin de ne pas les épuiser simultanément, et voici ce qui fut convenu : pendant que l'un de nous, étendu sur le dos, se tiendrait immobile, les bras croisés, les jambes allongées, l'autre nagerait et le pousserait en avant. Ce rôle de remorqueur ne devait pas durer plus de dix minutes, et, nous relayant ainsi, nous pouvions surnager pendant quelques heures, et peut-être jusqu'au lever du jour.

Vers une heure du matin, je fus pris d'une extrême fatigue. Mes membres se raidirent sous l'étreinte de crampes violentes.

Je voulus crier. Mes lèvres gonflées ne laissèrent passer aucun son. Conseil put articuler quelques mots, et je l'entendis répéter à plusieurs reprises :

– À nous ! à nous !

Il me sembla qu'un cri répondait au cri de Conseil.

Conseil jeta dans l'espace un nouvel appel désespéré. En cet instant, un corps dur me heurta. Je m'y cramponnai. Puis, je sentis qu'on me retirait, que ma poitrine se dégonflait, et je m'évanouis...

Je revins promptement à moi, grâce à de vigoureuses frictions. J'entrouvris les yeux...

J'aperçus une figure qui n'était pas celle de Conseil et que je reconnus aussitôt.

– Ned ! m'écriai-je.

– En personne, monsieur, et qui court après sa prime ! répondit le Canadien.

– Vous avez été précipité à la mer au choc de la frégate ?

– Oui, monsieur le professeur, mais, plus favorisé que vous, j'ai pu prendre pied presque immédiatement sur un îlot flottant.

– Un îlot ?

– Ou, pour mieux dire, sur votre narval gigantesque. J'ai bientôt compris pourquoi mon harpon n'avait pu l'entamer et s'était émoussé sur sa peau.

– Pourquoi, Ned, pourquoi ?

– C'est que cette bête-là, monsieur le professeur, est faite en tôle d'acier !

Je me hissai rapidement au sommet de l'être ou de l'objet à demi immergé qui nous servait de refuge. Je l'éprouvai du pied. C'était évidemment un corps dur, impénétrable, et non pas cette substance molle qui forme la masse des grands mammifères marins.

Le dos noirâtre qui me supportait était lisse, poli. Il rendait au choc une sonorité métallique, et, si incroyable que cela fût, il était fait de plaques boulonnées.

Le doute n'était pas possible ! L'animal, le monstre, qui avait intrigué le monde savant tout entier, était un phénomène plus étonnant encore, un phénomène de main d'homme.

Nous étions étendus sur le dos d'un immense poisson d'acier. L'opinion de Ned Land était faite sur ce point. Conseil et moi, nous ne pûmes que nous y ranger.

– Mais alors, dis-je, cet appareil renferme en lui un mécanisme de locomotion et un équipage pour le manœuvrer ?

– Évidemment, répondit le harponneur, et néanmoins, depuis trois heures que j'habite cette île flottante, elle n'a pas donné signe de vie.

Quels êtres vivaient dans cet étrange bateau ? Quel agent mécanique lui permettait de se déplacer avec une si prodigieuse vitesse ?

Le jour parut. Soudain, un bruit de ferrures violemment poussées se produisit à l'intérieur du bateau. Une plaque se souleva, un homme parut, jeta un cri bizarre et disparut aussitôt.

Quelques instants après, huit solides gaillards, le visage voilé, apparaissaient silencieusement, et nous entraînaient dans leur formidable machine.

MOBILIS IN MOBILE

Cet enlèvement, si brutalement exécuté, s'était accompli avec la rapidité de l'éclair.

Je sentis mes pieds nus se cramponner aux échelons d'une échelle de fer. Ned Land et Conseil, vigoureusement saisis, me suivaient. Au bas de l'échelle, une porte s'ouvrit et se referma immédiatement sur nous avec un retentissement sonore.

Tout était noir.

Une demi-heure s'était déjà écoulée, quand, d'une extrême obscurité, nos yeux passèrent subitement à la plus violente lumière. Notre prison ne contenait qu'une table et cinq escabeaux.

Un bruit de verrous se fit entendre, la porte s'ouvrit, deux hommes parurent. L'un était de petite taille, vigoureusement musclé, large d'épaules, la tête forte, la chevelure abondante et noire, la moustache épaisse, le regard vif et pénétrant, et, dans toute sa personne, empreint de cette vivacité méridionale qui caractérise en France les populations provençales.

Le second inconnu mérite une description plus détaillée. Je reconnus sans hésiter ses qualités dominantes : la confiance en lui, le calme, l'énergie, le courage enfin.

Son regard ferme semblait refléter de hautes pensées, et de l'homogénéité des expressions dans les gestes du corps et du visage, il résultait une indiscutable franchise.

Je me sentis rassuré en sa présence et j'augurai bien de notre entrevue.

Il nous examina avec une extrême attention, sans prononcer une parole. Puis, se retournant vers son compagnon, il s'entretint avec lui dans une langue que je ne pus reconnaître. C'était un idiome sonore, harmonieux, flexible, dont les voyelles semblaient soumises à une accentuation très variée.

L'autre répondit par un hochement de tête. Puis, du regard, il parut m'interroger directement.

Je commençai le récit de nos aventures, articulant nettement toutes les syllabes, et sans omettre un seul détail. Je déclinai nos noms et qualités ; puis je présentai dans les formes le professeur Aronnax, son domestique Conseil, et maître Ned Land, le harponneur.

L'homme aux yeux doux et calmes m'écouta tranquillement, poliment même, et avec une attention remarquable. Mais rien dans sa physionomie n'indiqua qu'il eût compris mon histoire. Quand j'eus fini, il ne prononça pas un seul mot.

Restait encore la ressource de parler anglais.

Ned ne se fit pas prier et recommença mon récit. Il y mit beaucoup d'animation. Il se plaignit violemment d'être emprisonné au mépris du droit des gens, se démena, gesticula, cria, et, finalement, il fit comprendre par un geste expressif que nous mourions de faim.

À sa grande stupéfaction, le harponneur ne parut pas avoir été plus intelligible que moi.

Je ne savais plus quel parti prendre, quand Conseil me dit :

– Si Monsieur m'y autorise, je raconterai la chose en allemand.

– Comment ! tu sais l'allemand ? m'écriai-je.

– Comme un Flamand, n'en déplaise à Monsieur.

– Cela me plaît au contraire. Va, mon garçon.

Mais, malgré les élégantes tournures et la belle accentuation du narrateur, la langue allemande n'eut aucun succès.

Enfin, poussé à bout, je rassemblai tout ce qui me restait de mes premières études et j'entrepris de narrer nos aventures en latin. Cicéron se fût bouché les oreilles et m'eût renvoyé à la cuisine. Cependant, je parvins à m'en tirer. Même résultat négatif.

Cette dernière tentative définitivement avortée, les deux inconnus échangèrent quelques mots dans leur incompréhensible langage et se retirèrent. La porte se referma.

– C'est une infamie ! s'écria Ned Land. Mon opinion est faite, ce sont des coquins…

– Bon ! et de quel pays ?

– Du pays des coquins !…

Comme il disait ces mots, la porte s'ouvrit. Un steward entra. Il nous apportait des vêtements, vestes et culottes de mer, faites d'une étoffe dont je ne reconnus pas la nature. Je me hâtai de les revêtir, et mes compagnons m'imitèrent.

Pendant ce temps, le steward avait disposé la table et placé trois couverts. Les plats, recouverts de leur cloche d'argent, furent symétriquement posés sur la nappe, et nous prîmes place à table. Le pain et le vin manquaient totalement. L'eau était fraîche et limpide, mais c'était de l'eau – ce qui ne fut pas du goût de Ned Land. Parmi les mets qui nous furent servis, je reconnus divers poissons délicatement apprêtés. Quant au service de table, il était élégant et d'un goût parfait. Chaque ustensile, cuiller, fourchette, couteau, assiette, portait une lettre entourée d'une devise en exergue, et dont voici le *fac-similé* exact :

MOBILIS

N

IN MOBILE

Mobile dans l'élément mobile ! Cette devise s'appliquait justement à cet appareil sous-marin. La lettre N formait sans doute l'initiale du nom de l'énigmatique personnage qui commandait au fond des mers !

Ned et Conseil ne faisaient pas tant de réflexions. Ils dévoraient, et je ne tardai pas à les imiter.

Notre appétit satisfait, le besoin de sommeil se fit impérieusement sentir.

Mes deux compagnons s'étendirent sur le tapis de la cabine et furent bientôt plongés dans un profond sommeil.

Pour mon compte, je cédai moins facilement à ce violent besoin de dormir. Trop de pensées s'accumulaient dans mon esprit, trop de questions insolubles s'y pressaient ! Où étions-nous ? Quelle étrange puissance nous emportait ? Puis mon cerveau se calma, mon imagination se fondit en une vague somnolence, et je tombai bientôt dans un morne sommeil.

Quelle fut la durée de ce sommeil, je l'ignore ; mais il dut être long, car il nous reposa complètement de nos fatigues. Je me réveillai le premier.

En ce moment, un bruit se fit entendre extérieurement. Des pas résonnèrent sur la dalle de métal. Les serrures furent fouillées, la porte s'ouvrit.

Subitement, je fus cloué à ma place par ces mots prononcés en français.

– Monsieur le professeur, veuillez m'écouter.

L'HOMME DES EAUX

C'était le commandant du bord qui parlait ainsi.

– Messieurs, dit-il d'une voix calme et pénétrante, je parle également le français, l'anglais, l'allemand et le latin. J'aurais donc pu vous répondre dès notre première entrevue, mais je voulais vous connaître d'abord, réfléchir ensuite. Je voulais peser mûrement le parti à prendre envers vous. J'ai beaucoup hésité. Les plus fâcheuses circonstances vous ont mis en présence d'un homme qui a rompu avec l'humanité. Vous êtes venus troubler mon existence…

– Involontairement, dis-je.

– Involontairement ? répondit l'inconnu. Est-ce involontairement que l'*Abraham-Lincoln* me chasse sur toutes les mers ? Est-ce involontairement que vous avez pris passage à bord de cette frégate ? Est-ce involontairement que vos boulets ont rebondi sur la coque de mon navire ? Vous comprenez que j'ai le droit de vous traiter en ennemis. Rien ne m'obligeait à vous donner l'hospitalité. Si je devais me séparer de vous, je n'avais aucun intérêt à vous revoir. Je vous remettais sur la plate-forme de ce navire qui vous avait servi de refuge. Je m'enfonçais sous les mers, et j'oubliais que vous aviez jamais existé. N'était-ce pas mon droit ?

– C'était peut-être le droit d'un sauvage, répondis-je, ce n'était pas celui d'un homme civilisé.

– Monsieur le professeur, répliqua vivement l'inconnu, je ne suis pas ce que vous appelez un homme civilisé ! J'ai rompu avec la société tout entière pour des raisons que moi seul j'ai le droit d'apprécier. Je n'obéis point à ses règles, et je vous engage à ne jamais les invoquer devant moi.

Ceci fut dit nettement. Un éclair de colère et de dédain avait allumé les yeux de l'inconnu, et, dans la vie de cet homme, j'entrevis un passé formidable. Non seulement il s'était mis en dehors des lois humaines, mais il s'était fait indépendant, libre dans la plus rigoureuse acception du mot, hors d'atteinte !

Après un assez long silence, le commandant reprit la parole.

– Vous resterez à mon bord puisque la fatalité vous y a jetés. Vous serez libres et, en échange de cette liberté, je ne vous imposerai qu'une seule condition. Il est possible que certains événements imprévus m'obligent à vous consigner dans vos cabines. Désirant ne jamais employer la violence, j'attends de vous, dans ce cas, une obéissance passive. En agissant ainsi, je couvre votre responsabilité, je vous dégage entièrement, car c'est à moi de vous mettre dans l'impossibilité de voir ce qui ne doit pas être vu. Acceptez-vous cette condition ?

– Nous acceptons, répondis-je. Seulement, vous avez dit que nous serions libres à votre bord. Je vous demanderai donc ce que vous entendez par cette liberté.

– Mais, la liberté d'aller, de venir, de voir, d'observer même tout ce qui se passe ici...

– Pardon, monsieur, repris-je, mais cette liberté, ce n'est que celle que tout prisonnier a de parcourir sa prison ! Elle ne peut nous suffire.

– Il faudra, cependant, qu'elle vous suffise !

– Quoi ! nous devons renoncer à revoir jamais notre patrie, nos amis, nos parents !

– Oui, monsieur.

– Par exemple, s'écria Ned Land, jamais je ne donnerai ma parole de ne pas chercher à me sauver !

– Je ne vous demande pas de parole, maître Land, répondit froidement le commandant.

– Monsieur, répondis-je, vous abusez de votre situation envers nous ! C'est de la cruauté !

– Non, monsieur, c'est de la clémence ! Vous êtes mes prisonniers après combat ! Je vous garde, quand je pourrais d'un mot vous replonger dans les abîmes de l'Océan ! Vous m'avez attaqué ! Vous êtes venus surprendre un secret que nul homme au monde ne doit pénétrer, le secret de toute mon existence ! Et vous croyez que je vais vous renvoyer sur cette terre qui ne doit plus me connaître ! Jamais ! En vous retenant, ce n'est pas vous que je garde, c'est moi-même !

– Ainsi, monsieur, repris-je, vous nous donnez tout simplement à choisir entre la vie ou la mort ?

– Tout simplement, répondit l'inconnu ; puis, d'une voix plus douce, il reprit : Maintenant, permettez-moi d'achever ce que j'ai à vous dire. Je vous connais, monsieur Aronnax. Vous trouverez parmi les livres qui servent à mes études favorites cet ouvrage que vous avez publié sur les grands fonds de la mer. Je l'ai souvent lu. Vous avez poussé votre œuvre aussi loin que vous le permettait la science terrestre. Mais vous ne savez pas tout, vous n'avez pas tout vu. Laissez-moi vous dire, monsieur le professeur, que vous ne regretterez pas le temps passé à mon bord. À partir de ce jour, vous entrez dans un nouvel élément, vous verrez ce que n'a vu encore aucun homme.

Je ne puis le nier ; ces paroles du commandant firent sur moi un grand effet. J'étais pris là par mon faible, et j'oubliai, pour un instant, que la contemplation de ces choses sublimes ne pouvait valoir la liberté perdue.

– Une dernière question, dis-je, au moment où cet être inexplicable semblait vouloir se retirer.

– Parlez, monsieur le professeur.

– De quel nom dois-je vous appeler ?

– Monsieur, répondit le commandant, je ne suis pour vous que le capitaine Nemo, et vos compagnons et vous n'êtes pour moi que les passagers du *Nautilus*.

Le capitaine Nemo appela. Un steward parut. Le capitaine lui donna ses ordres dans cette langue étrangère que je ne pouvais reconnaître. Puis, se tournant vers le Canadien et Conseil :

– Un repas vous attend dans votre cabine, leur dit-il. Veuillez suivre cet homme.

– Ça n'est pas de refus ! répondit le harponneur.

Conseil et lui sortirent enfin de cette cellule où ils étaient renfermés depuis plus de trente heures.

– Et maintenant, monsieur Aronnax, notre déjeuner est prêt. Permettez-moi de vous précéder.

– À vos ordres, capitaine.

Je suivis le capitaine Nemo, et, dès que j'eus franchi la porte, je pris une sorte de couloir électriquement éclairé, semblable aux coursives d'un navire. Après un parcours d'une dizaine de mètres, une seconde porte s'ouvrit devant moi.

J'entrai alors dans une salle à manger, ornée et meublée avec un goût sévère.

Au centre de la salle était une table richement servie. Le capitaine Nemo m'indiqua la place que je devais occuper.

– Asseyez-vous, me dit-il, et mangez comme un homme qui doit mourir de faim.

Le déjeuner se composait d'un certain nombre de plats dont la mer seule avait fourni le contenu.

Je goûtais, plutôt en curieux qu'en gourmet, tandis que le capitaine Nemo m'enchantait par ses récits.

– La mer est tout ! C'est l'immense désert où l'homme n'est jamais seul, car il sent frémir la vie à ses côtés. La mer est le vaste réservoir de la nature. C'est par la mer que le globe a commencé, et qui sait s'il ne finira pas par elle ! Là est la suprême tranquillité. La mer n'appartient pas aux despotes. À sa surface, ils peuvent encore transporter toutes les horreurs terrestres. Mais à trente pieds au-dessous de son niveau, leur pouvoir cesse. Ah ! monsieur, vivez au sein des mers ! Là seulement est l'indépendance ! Là je ne reconnais pas de maîtres ! Là je suis libre !

Le capitaine Nemo se tut subitement au milieu de cet enthousiasme qui débordait de lui. Puis sa physionomie reprit sa froideur accoutumée, et, se tournant vers moi :

– Maintenant, monsieur le professeur, dit-il, si vous voulez visiter le *Nautilus*, je suis à vos ordres.

LE *NAUTILUS*

Le capitaine Nemo se leva. Je le suivis. Une double porte, ménagée à l'arrière de la salle, s'ouvrit et j'entrai dans une chambre de dimension égale à celle que je venais de quitter.

C'était une bibliothèque. De hauts meubles en palissandre noir, incrustés de cuivre, supportaient sur leurs larges rayons un grand nombre de livres uniformément reliés.

– Capitaine Nemo, dis-je à mon hôte, voilà une bibliothèque qui ferait honneur à plus d'un palais des continents, et je suis vraiment émerveillé, quand je songe qu'elle peut vous suivre au plus profond des mers. Vous possédez là six ou sept mille volumes…

– Douze mille, monsieur Aronnax, et ils sont à votre disposition.

Je remerciai le capitaine Nemo et je m'approchai des rayons de la bibliothèque. Livres de science, de morale et de littérature, écrits en toutes langues, y abondaient.

À ce moment, le capitaine Nemo ouvrit une porte qui faisait face à celle par laquelle j'étais entré dans la bibliothèque, et je passai dans un salon immense et splendidement éclairé.

C'était un vaste quadrilatère, à pans coupés, long de dix mètres, large de six, haut de cinq. Un plafond lumineux distribuait un jour clair et doux sur toutes les merveilles entassées dans ce musée. Car c'était réellement un musée dans lequel une main intelligente et prodigue avait réuni tous les trésors de la nature et de l'art.

Une trentaine de tableaux de maîtres ornaient les parois tendues de tapisseries d'un dessin sévère. Les diverses écoles des maîtres anciens étaient représentées par une madone de Raphaël, une vierge de Léonard de Vinci, une nymphe du Corrège, une femme du Titien, une adoration de Véronèse, une assomption de Murillo, un portrait d'Holbein, un moine de Vélasquez, une kermesse de Rubens, deux toiles de Géricault et de Prud'hon. Parmi les œuvres de la peinture moderne apparaissaient des tableaux signés Delacroix, Ingres...

Auprès des œuvres de l'art, les raretés naturelles tenaient une place très importante. Elles consistaient principalement en plantes, en coquilles et autres productions de l'Océan, qui devaient être les trouvailles personnelles du capitaine Nemo.

L'embranchement des zoophytes offrait de très curieux spécimens de ses deux groupes des polypes et des échinodermes. Dans le premier groupe, des tubipores, des gorgones disposées en éventail, des éponges douces de Syrie, des isis des Moluques, des pennatules, une virgulaire admirable des mers de Norvège, des ombellulaires variées, des alcyonnaires. Dans les échinodermes, remarquables par leur enveloppe épineuse, les astéries, les étoiles de mer, les pantacrines, les comatules...

Un conchyliologue un peu nerveux se serait pâmé certainement devant d'autres vitrines plus nombreuses où étaient classés les échantillons de l'embranchement des mollusques. Je vis là une collection d'une valeur inestimable.

Le capitaine Nemo avait dû dépenser des millions pour acquérir ces échantillons divers, et je me demandais à quelle source il puisait pour satisfaire ainsi ses fantaisies de collectionneur, quand je fus interrompu par ces mots :

– Monsieur Aronnax, je vous ai dit que vous seriez libre à mon bord, et, par conséquent, aucune partie du *Nautilus* ne vous est interdite. Vous pouvez donc le visiter en détail. Mais auparavant venez visiter la cabine qui vous est réservée.

Le capitaine Nemo me conduisit vers l'avant, et là je trouvai non pas une cabine, mais une chambre élégante, avec lit, toilette et divers autres meubles.

Je ne pus que remercier mon hôte.

– Votre chambre est contiguë à la mienne, me dit-il en ouvrant une porte, et la mienne donne sur le salon que nous venons de quitter.

J'entrai dans la chambre du capitaine. Elle avait un aspect sévère. Une couchette de fer, une table de travail, quelques meubles de toilette. Le tout éclairé par un demi-jour. Rien de confortable. Le strict nécessaire seulement.

Le capitaine Nemo me montra un siège.

– Veuillez vous asseoir, me dit-il.

Je m'assis, et il prit la parole en ces termes…

TOUT PAR L'ÉLECTRICITÉ

– Monsieur, dit le capitaine Nemo, me montrant les instruments suspendus aux parois de sa chambre, voici les appareils exigés par la navigation du *Nautilus*. Je les ai toujours sous les yeux, et ils m'indiquent ma situation et ma direction exacte au milieu de l'Océan. Les uns vous sont connus, tels que le thermomètre, le baromètre, l'hygromètre...

– Et ces autres instruments dont je ne devine pas l'emploi ?

– Ici, monsieur le professeur, je dois vous donner quelques explications... Il est un agent puissant, obéissant, rapide, facile, qui se plie à tous les usages et qui règne en maître à mon bord. Tout se fait par lui. Il m'éclaire, il me chauffe, il est l'âme de mes appareils mécaniques. Cet agent, c'est l'électricité.

– L'électricité ! m'écriai-je, assez surpris. Jusqu'ici sa puissance dynamique est restée très restreinte et n'a pu produire que de petites forces !

– Monsieur le professeur, répondit le capitaine Nemo, mon électricité n'est pas celle de tout le monde, et c'est là tout ce que vous me permettrez de vous en dire. Rappelez-vous seulement ceci : je dois tout à l'Océan ; il produit l'électricité, et l'électricité donne au *Nautilus* la chaleur, la lumière, le mouvement, la vie en un mot.

– C'est merveilleux, répondis-je, et je vois bien, capitaine, que vous avez eu raison d'employer cet agent, qui est destiné à remplacer le vent, l'eau et la vapeur.

– Nous n'avons pas fini, monsieur Aronnax, dit le capitaine Nemo, et si vous voulez me suivre, nous visiterons l'arrière du *Nautilus*.

En effet, je connaissais déjà toute la partie antérieure de ce bateau sous-marin, dont voici la division exacte, en allant du centre à l'éperon : la salle à manger de cinq mètres, séparée de la bibliothèque par une cloison étanche, c'est-à-dire ne pouvant être pénétrée par l'eau, la bibliothèque de cinq mètres, le grand salon de dix mètres, séparé de la chambre du capitaine par une seconde cloison étanche, ladite chambre du capitaine de cinq mètres, la mienne de deux mètres cinquante, et enfin un réservoir d'air de sept mètres cinquante, qui s'étendait jusqu'à l'étrave. Total, trente-cinq mètres de longueur.

Je suivis le capitaine Nemo à travers les coursives et j'arrivai au centre du navire. Là se trouvait une sorte de puits qui s'ouvrait en deux cloisons étanches. Une échelle de fer, cramponnée à la paroi, conduisait à son extrémité supérieure. Je demandai au capitaine à quel usage servait cette échelle.

– Elle aboutit au canot, répondit-il.

– Quoi ! vous avez un canot ? répliquai-je, assez étonné.

– Sans doute. Une excellente embarcation, légère et insubmersible, qui sert à la promenade et à la pêche. Ce canot adhère à la partie supérieure de la coque du

Nautilus et occupe une cavité disposée pour le recevoir. Il est entièrement ponté, absolument étanche, et retenu par de solides boulons. Cette échelle conduit à un trou d'homme percé dans la coque du *Nautilus*, qui correspond à un trou pareil percé dans le flanc du canot. C'est par cette double ouverture que je m'introduis dans l'embarcation. On referme celle du *Nautilus*; je referme celle du canot au moyen de vis de pression; je largue les boulons, et l'embarcation remonte avec une prodigieuse rapidité à la surface de la mer.

– Mais comment revenez-vous à bord?

– Je ne reviens pas, monsieur Aronnax, c'est le *Nautilus* qui revient. Un fil électrique me rattache à lui. Je lance un télégramme, et cela suffit.

– En effet, dis-je, grisé par ces merveilles, rien n'est plus simple!

Après avoir dépassé la cage de l'escalier qui aboutissait à la plate-forme, je vis une cabine, longue de deux mètres, dans laquelle Conseil et Ned Land, enchantés de leur repas, s'occupaient à le dévorer à belles dents. Puis, une porte s'ouvrit sur la cuisine longue de trois mètres, située entre les vastes cambuses du bord.

Là, l'électricité faisait tous les frais de la cuisson. Elle chauffait également des appareils distillatoires qui, par la vaporisation, fournissaient une excellente eau potable. Auprès de cette cuisine s'ouvrait une salle de bains, confortablement disposée, et dont les robinets fournissaient l'eau froide ou l'eau chaude, à volonté.

À la cuisine succédait le poste de l'équipage, long de cinq mètres. Mais la porte en était fermée, et je ne pus voir son aménagement, qui m'eût peut-être fixé sur le nombre d'hommes nécessité par la manœuvre du *Nautilus*.

Au fond s'élevait une quatrième cloison étanche qui séparait ce poste de la chambre des machines. Une porte s'ouvrit, et je me trouvai dans ce compartiment où le capitaine Nemo – ingénieur de premier ordre, à coup sûr – avait disposé ses appareils de locomotion.

Cette chambre des machines, nettement éclairée, ne mesurait pas moins de vingt mètres en longueur. Elle était naturellement divisée en deux parties; la première renfermait les éléments qui produisaient l'électricité, et la seconde, le mécanisme qui transmettait le mouvement à l'hélice.

– Capitaine Nemo, dis-je, j'ai vu le *Nautilus* manœuvrer devant l'*Abraham-Lincoln*, et je sais à quoi m'en tenir sur sa vitesse. Mais marcher ne suffit pas. Il faut voir où l'on va! Il faut pouvoir se diriger à droite, à gauche, en haut, en bas! Comment atteignez-vous les grandes profondeurs? Comment remontez-vous à la surface de l'Océan? Suis-je indiscret en vous le demandant?

– Aucunement, monsieur le professeur, me répondit le capitaine après une légère hésitation, puisque vous ne devez jamais quitter ce bateau sous-marin. Venez dans le salon. Là, vous apprendrez tout ce que vous devez savoir sur le *Nautilus*!

QUELQUES CHIFFRES

Un instant après, nous étions assis sur un divan du salon, le cigare aux lèvres. Le capitaine mit sous mes yeux une épure qui donnait les plan, coupe et élévation du *Nautilus*.

Puis il commença en ces termes :

– Voici, monsieur Aronnax, les diverses dimensions du bateau qui vous porte. C'est un cylindre très allongé, à bouts coniques. Il affecte sensiblement la forme d'un cigare. La longueur de ce cylindre, de tête en tête, est exactement de soixante-dix mètres, et son bau, à sa plus grande largeur, est de huit mètres.

« Ces deux dimensions vous permettent d'obtenir par un simple calcul la surface et le volume du *Nautilus*. Sa surface comprend mille onze mètres carrés et quarante-cinq centièmes ; son volume, quinze cents mètres cubes et deux dixièmes – ce qui revient à dire que, entièrement immergé, il déplace ou pèse quinze cents mètres cubes ou tonneaux.

« Le *Nautilus* se compose de deux coques, l'une intérieure, l'autre extérieure, réunies entre elles par des fers en T qui lui donnent une rigidité extrême. En effet, grâce à cette disposition cellulaire, il résiste comme un bloc, comme s'il était plein. Ces deux coques sont fabriquées en tôle d'acier. La première n'a pas moins de cinq centimètres d'épaisseur.

– Ah! commandant, m'écriai-je avec conviction, c'est vraiment un merveilleux bateau que votre *Nautilus*!

– Oui, monsieur le professeur, répondit avec une véritable émotion le capitaine Nemo, et je l'aime comme la chair de ma chair! Si tout est danger sur un de vos navires soumis aux hasards de l'Océan, à bord du *Nautilus*, le cœur de l'homme n'a plus rien à redouter. Pas de déformation à craindre, car la double coque de ce bateau a la rigidité du fer; pas de gréement que le roulis ou le tangage fatiguent; pas de voiles que le vent emporte; pas de chaudières que la vapeur déchire; pas d'incendie à redouter, puisque cet appareil est fait de tôle et non de bois; pas de charbon qui s'épuise, puisque l'électricité est son agent mécanique; pas de rencontre à redouter, puisqu'il est seul à naviguer dans les eaux profondes; pas de tempête à braver, puisqu'il trouve à quelques mètres au-dessous des eaux l'absolue tranquillité! Voilà, monsieur, voilà le navire par excellence! Et s'il est vrai que l'ingénieur ait plus de confiance dans le bâtiment que le constructeur, et le constructeur plus que le capitaine lui-même, comprenez donc avec quel abandon je me fie à mon *Nautilus*, puisque j'en suis tout à la fois le capitaine, le constructeur et l'ingénieur!

Le capitaine Nemo parlait avec une éloquence entraînante. Le feu de son regard, la passion de son geste, le transfiguraient. Oui! il aimait son navire comme un père aime son enfant!

Mais une question, indiscrète peut-être, se posait naturellement, et je ne pus me retenir de la lui faire.

– Vous êtes donc ingénieur, capitaine Nemo ?

– Oui, monsieur le professeur, me répondit-il, j'ai étudié à Londres, à Paris, à New York, du temps que j'étais un habitant des continents de la terre.

– Mais comment avez-vous pu construire, en secret, cet admirable *Nautilus* ?

– Chacun de ses morceaux, monsieur Aronnax, m'est arrivé d'un point différent du globe, et sous une destination déguisée. Sa quille a été forgée au Creusot, en France, son arbre d'hélice chez Pen et Cie, de Londres, les plaques de tôle de sa coque chez Leard, de Liverpool, son éperon dans les ateliers de Motala, en Suède…

– Mais, repris-je, ces morceaux fabriqués, il a fallu les monter, les ajuster.

– Monsieur le professeur, j'avais établi mes ateliers sur un îlot désert, en plein Océan. Là, mes ouvriers, c'est-à-dire mes braves compagnons, que j'ai instruits et formés, et moi, nous avons achevé notre *Nautilus*. Puis, l'opération terminée, le feu a détruit toute trace de notre passage sur cet îlot.

– Une dernière question, capitaine Nemo.

– Faites, monsieur le professeur.

– Vous êtes donc riche ?

– Riche à l'infini, monsieur, et je pourrais, sans me gêner, payer les douze milliards de dettes de la France !

LE FLEUVE NOIR

L'océan Pacifique s'étend du nord au sud entre les deux cercles polaires, et de l'ouest à l'est entre l'Asie et l'Amérique sur une étendue de cent quarante-cinq degrés en longitude. C'est la plus tranquille des mers ; ses courants sont larges et lents, ses marées médiocres, ses pluies abondantes. Tel était l'Océan que ma destinée m'appelait d'abord à parcourir dans les plus étranges conditions.

– Monsieur le professeur, me dit le capitaine Nemo, nous allons, si vous le voulez bien, relever exactement notre position, et fixer le point de départ de ce voyage. Je vais remonter à la surface des eaux.

Le capitaine pressa trois fois un timbre électrique. Les pompes commencèrent à chasser l'eau des réservoirs ; l'aiguille du manomètre marqua le mouvement ascensionnel du *Nautilus*, puis elle s'arrêta.

– Nous sommes arrivés, dit le capitaine.

Je me rendis à l'escalier central qui aboutissait à la plate-forme. Je gravis les marches de métal et j'arrivai sur la partie supérieure du *Nautilus*.

La plate-forme émergeait de quatre-vingts centimètres seulement. L'avant et l'arrière du *Nautilus* présentaient cette disposition fusiforme qui le faisait justement comparer à un long cigare. Je remarquai que ses plaques de tôle ressemblaient aux écailles qui revêtent le corps des grands reptiles terrestres. Je m'expliquai donc très naturellement que ce bateau eût toujours été pris pour un animal marin.

Vers le milieu de la plate-forme, le canot, à demi engagé dans la coque du navire, formait une légère extumescence. En avant et en arrière s'élevaient deux cages de hauteur médiocre, à parois inclinées, et en partie fermées par d'épais verres lenticulaires : l'une destinée au timonier qui dirigeait le *Nautilus*, l'autre où brillait le puissant fanal électrique qui éclairait sa route.

Le capitaine Nemo, muni de son sextant, prit la hauteur du soleil, qui devait lui donner sa latitude.

– Monsieur Aronnax, nous sommes par cent trente-sept degrés et quinze minutes de longitude à l'est…

– De quel méridien ? demandai-je vivement, espérant que la réponse du capitaine m'indiquerait peut-être sa nationalité.

– Monsieur, j'ai divers chronomètres réglés sur les méridiens de Paris, de Greenwich et de Washington. Mais, en votre honneur, je me servirai de celui de Paris. Cent trente-sept degrés et quinze minutes de longitude à l'est du méridien de Paris, et par trente degrés et sept minutes de latitude nord, c'est-à-dire à trois cents milles environ des côtes du Japon. C'est aujourd'hui, 8 novembre, à midi, que commence notre voyage d'exploration sous les eaux. Et maintenant, monsieur le professeur, ajouta le capitaine, je vous laisse à vos études, et je vous demande la permission de me retirer.

Le capitaine Nemo me salua. Je restai seul, absorbé dans mes pensées. Puis mes regards se fixèrent sur le vaste planisphère étalé sur la table, et je plaçai le doigt sur le point même où se croisaient la longitude et la latitude observées.

La mer a ses fleuves comme les continents. Ce sont des courants spéciaux, reconnaissables à leur température, à leur couleur, et dont le plus remarquable est connu sous le nom de courant du Gulf Stream.

Au point indiqué sur le planisphère se déroulait l'un de ces courants, le fleuve Noir qui, sorti du golfe du Bengale, traverse le détroit de Malacca, prolonge la côte d'Asie, s'arrondit dans le Pacifique nord jusqu'aux îles Aléoutiennes. C'est ce courant que le *Nautilus* allait parcourir. Je le suivais du regard quand Ned Land et Conseil apparurent à la porte du salon.

Ned Land m'interrogea sur mon entrevue avec le capitaine Nemo. Je lui appris tout ce que je savais, ou plutôt, tout ce que je ne savais pas, et je lui demandai ce qu'il avait entendu ou vu de son côté.

– Rien vu, rien entendu, répondit le Canadien. Je n'ai pas même aperçu l'équipage de ce bateau. Vous ne pouvez me dire combien d'hommes il y a à bord ?

– Je ne saurais vous répondre, maître Land. Croyez-moi, abandonnez, pour le moment, l'idée de vous emparer du *Nautilus* ou de le fuir. Ce bateau est un des chefs-d'œuvre de l'industrie moderne ! Tâchons de voir ce qui se passe autour de nous.

– Voir ! s'écria le harponneur, mais on ne voit rien, on ne verra jamais rien de cette prison de tôle !

Ned Land prononçait ces mots, quand l'obscurité se fit subitement, une obscurité absolue. Un glissement se fit entendre. On eût dit que des panneaux se manœuvraient sur les flancs du *Nautilus*.

Soudain, le jour se fit de chaque côté du salon à travers deux ouvertures oblongues. Les masses liquides apparurent, vivement éclairées par les effluences électriques. Deux plaques de cristal nous séparaient de la mer. Je frémis, d'abord, à la pensée que cette fragile paroi pouvait se briser ; mais de fortes armatures de cuivre la maintenaient et lui donnaient une résistance presque infinie.

La mer était distinctement visible dans un rayon d'un mille autour du *Nautilus*. Quel spectacle ! Quelle plume le pourrait décrire ! Émerveillés, nous étions accoudés devant ces vitrines. Pendant deux heures, toute une armée aquatique fit escorte au *Nautilus*. Ned nommait les poissons, Conseil les classait ; moi je m'extasiais devant la vivacité de leurs allures et la beauté de leurs formes.

Je ne citerai pas toutes les variétés qui passèrent ainsi devant nos yeux éblouis, toute cette collection des mers du Japon et de la Chine. Ces poissons accouraient, plus nombreux que les oiseaux dans l'air, attirés sans doute par l'éclatant foyer de lumière électrique.

Subitement le jour se fit dans le salon. Les panneaux de tôle se refermèrent. L'enchanteresse vision disparut. Mais longtemps je rêvai encore.

Ned Land et Conseil retournèrent dans leur cabine. Moi, je regagnai ma chambre. Mon dîner s'y trouvait préparé. Je passai la soirée à lire, à écrire, à penser. Puis, le sommeil me gagnant, je m'étendis sur ma couche et je m'endormis profondément, pendant que le *Nautilus* se glissait à travers le rapide courant du fleuve Noir.

UNE INVITATION PAR LETTRE

Le lendemain, 9 novembre, je ne me réveillai qu'après douze heures de sommeil.

La journée entière se passa sans que je fusse honoré de la visite du capitaine Nemo.

Le lendemain, 10 novembre, même abandon, même solitude. Je ne vis personne de l'équipage. Ned et Conseil passèrent la plus grande partie de la journée avec moi.

Le 11 novembre, de grand matin, l'air frais répandu à l'intérieur du *Nautilus* m'apprit que nous étions revenus à la surface de l'Océan, afin de renouveler les provisions d'oxygène. Je montai sur la plate-forme.

J'entendis quelqu'un et me préparais à saluer le capitaine Nemo, mais ce fut son second qui apparut. Il ne sembla pas s'apercevoir de ma présence. Une puissante lunette aux yeux, il scruta tous les points de l'horizon, puis s'approcha du panneau et prononça une phrase dont voici exactement les termes :

« Nautron respoc lorni virch. »

Ce qu'elle signifiait, je ne saurais le dire.

Ces mots prononcés, le second redescendit. Je pensai que le *Nautilus* allait reprendre sa navigation sous-marine. Je regagnai donc ma chambre.

Cinq jours s'écoulèrent ainsi sans que la situation se modifiât. Le capitaine Nemo ne paraissait pas.

Le 16 novembre, je trouvai sur ma table un billet libellé en ces termes :

Monsieur le professeur Aronnax,
à bord du Nautilus.

16 novembre 1867.

Le capitaine Nemo invite M. le professeur Aronnax à une partie de chasse qui aura lieu demain matin dans ses forêts de l'île Crespo. Il espère que rien ne l'empêchera d'y assister et il verra avec plaisir ses compagnons se joindre à lui.

Le commandant du Nautilus,
Capitaine Nemo.

Le lendemain, 17 novembre, à mon réveil, je sentis que le *Nautilus* était absolument immobile. Je m'habillai lestement et j'entrai dans le grand salon.

Le capitaine Nemo était là. Il m'attendait, se leva, salua et me demanda s'il nous convenait de l'accompagner. Je répondis que nous étions prêts à le suivre.

– Seulement, monsieur, ajoutai-je, je me permettrai de vous adresser une question : comment se fait-il que vous, qui avez rompu toute relation avec la terre, vous possédiez des forêts dans l'île de Crespo ?

– Ce ne sont point des forêts terrestres, mais sous-marines.

– Et vous m'offrez de m'y conduire ?

– Précisément.

– À pied ?

– Et même à pied sec.

– En chassant ?

– En chassant.

– Le fusil à la main ?

– Le fusil à la main.

Je regardai le commandant du *Nautilus* d'un air qui n'avait rien de flatteur pour sa personne.

« Décidément, il a le cerveau malade », pensai-je.

Cette pensée se lisait clairement sur mon visage.

– Monsieur le professeur, il ne faut jamais juger les hommes à la légère. Vous le savez aussi bien que moi, l'homme peut vivre sous l'eau à la condition d'emporter avec lui sa provision d'air respirable. Dans les travaux sous-marins, l'ouvrier, revêtu d'un vêtement imperméable et la tête emprisonnée dans une capsule de métal, reçoit l'air de l'extérieur au moyen de pompes foulantes et de régulateurs d'écoulement.

– C'est l'appareil des scaphandres, dis-je.

– En effet, mais dans ces conditions, l'homme n'est pas libre. Il est rattaché à la pompe qui lui envoie l'air par un tuyau de caoutchouc, véritable chaîne qui le rive à la terre, et si nous devions être ainsi retenus au *Nautilus*, nous ne pourrions aller loin.

– Et le moyen d'être libre ? demandai-je.

– C'est d'employer un appareil qui se compose d'un réservoir en tôle épaisse, dans lequel j'emmagasine l'air sous une pression de cinquante atmosphères. Ce réservoir se fixe sur le dos au moyen de bretelles, comme un sac de soldat. Sa partie supérieure forme une boîte dont l'air, maintenu par un mécanisme à soufflet, ne peut s'échapper qu'à sa tension normale.

– Cependant, l'air que vous emportez doit s'user vite.

– Le réservoir de l'appareil peut fournir de l'air respirable pendant neuf ou dix heures.

– Je n'ai plus d'objection à faire, répondis-je. Je vous demanderai seulement comment vous pouvez éclairer votre route au fond de l'Océan ?

– Avec l'appareil Ruhmkorff, monsieur Aronnax. Il s'attache à la ceinture et se compose d'une pile de Bunsen que je mets en activité avec ce sodium dont la mer est saturée. Une bobine d'induction recueille l'électricité et la dirige vers une lanterne.

– Capitaine, je n'ose plus douter. Cependant, je demande à faire des réserves pour le fusil dont vous voulez m'armer.

– Mais ce n'est point un fusil à poudre, répondit le capitaine. N'ayant pas de poudre, je l'ai remplacée par de l'air à haute pression. Et ce ne sont pas des balles ordinaires que ce fusil lance, mais de petites capsules de verre dans lesquelles l'électricité est forcée à une très haute tension. Au plus léger choc, elles se déchargent, et l'animal, si puissant qu'il soit, tombe mort.

– Je ne discute plus, répondis-je, et je n'ai plus qu'à prendre mon fusil. D'ailleurs, où vous irez, j'irai.

Le capitaine me conduisit vers l'arrière du *Nautilus*, et, en passant devant la cabine de Ned et de Conseil, j'appelai mes deux compagnons, qui nous suivirent aussitôt.

Nous arrivâmes à une cellule située près de la chambre des machines, et dans laquelle nous devions revêtir nos vêtements de promenade.

PROMENADE EN PLAINE

Cette cellule était, à proprement parler, l'arsenal et le vestiaire du *Nautilus*. Une douzaine d'appareils de scaphandres, suspendus à la paroi, attendaient les promeneurs.

Ned Land, en les voyant, manifesta une répugnance évidente à s'en revêtir.

– On ne vous forcera pas, maître Ned, dit le capitaine Nemo.

Deux hommes de l'équipage vinrent nous aider à revêtir ces lourds vêtements imperméables, faits en caoutchouc sans couture, et préparés de manière à supporter des pressions considérables. On eût dit une armature à la fois souple et résistante. Ces vêtements formaient pantalon et veste. Le pantalon se terminait par d'épaisses chaussures, garnies de lourdes semelles de plomb. Le tissu de la veste était maintenu par des lamelles de cuivre qui cuirassaient la poitrine, la défendaient contre la poussée des eaux et laissaient les poumons fonctionner librement.

Le capitaine Nemo, un de ses compagnons, Conseil et moi, nous eûmes bientôt revêtu ces habits de scaphandres. Il ne s'agissait plus que d'emboîter notre tête dans sa sphère métallique. Mais, avant de procéder à cette opération, je demandai au capitaine la permission d'examiner les fusils qui nous étaient destinés.

L'un des hommes du *Nautilus* me présenta un fusil simple, dont la crosse, faite en tôle d'acier et creuse à l'intérieur, était d'assez grande dimension. Elle servait de réservoir à l'air comprimé, qu'une soupape, manœuvrée par une gâchette, laissait échapper dans le tube de métal. Une boîte à projectiles, évidée dans l'épaisseur de la crosse, renfermait une vingtaine de balles électriques qui, au moyen d'un ressort, se plaçaient automatiquement dans le canon du fusil. Dès qu'un coup était tiré, l'autre était prêt à partir.

– Capitaine Nemo, dis-je, cette arme est parfaite. Je ne demande plus qu'à l'essayer. Mais comment allons-nous gagner le fond de la mer ?

– Vous l'allez voir.

Le capitaine Nemo introduisit sa tête dans la calotte sphérique. Conseil et moi, nous en fîmes autant. Les appareils, placés sur notre dos, commencèrent à fonctionner, et, pour mon compte, je respirai à l'aise.

Je sentis que l'on me poussait dans une petite chambre contiguë au vestiaire. J'entendis une porte, munie d'obturateurs, se refermer sur nous, et une profonde obscurité nous enveloppa.

Après quelques minutes, un vif sifflement parvint à mon oreille. Je sentis une impression de froid monter de mes pieds à ma poitrine. Évidemment, de l'intérieur du bateau, on avait, par un robinet, donné entrée à l'eau extérieure qui nous envahissait, et dont cette chambre fut bientôt remplie. Une seconde porte, percée dans le flanc du *Nautilus*, s'ouvrit alors. Un demi-jour nous éclaira. Un instant après, nos pieds foulaient le fond de la mer.

Le capitaine Nemo marchait en avant, et son compagnon nous suivait à quelques pas en arrière. Je ne sentais déjà plus la lourdeur de mes vêtements, de mes chaussures, de mon réservoir d'air. Tous ces objets, plongés dans l'eau, perdaient une partie de leur poids égale à celle du liquide déplacé, et je me trouvais très bien de cette loi physique reconnue par Archimède. Je n'étais plus une masse inerte, et j'avais une liberté de mouvement relativement grande. Cette eau qui m'entourait n'était qu'une sorte d'air, plus dense que l'atmosphère terrestre, mais presque aussi diaphane.

Nous marchions sur un sable fin, uni, non ridé, et la vaste plaine semblait être sans bornes. Bientôt, quelques formes d'objets se dessinèrent à mes yeux. Je reconnus de magnifiques premiers plans de rochers, tapissés de zoophytes. Il était alors dix heures du matin. Les rayons du soleil frappaient la surface des flots sous un angle assez oblique, et, au contact de leur lumière décomposée par la réfraction comme à travers un prisme, fleurs, rochers, plantules, coquillages se nuançaient sur leurs bords des sept couleurs du spectre solaire. C'était une merveille, une fête des yeux, que cet enchevêtrement de tons colorés !

Bientôt la nature du sol se modifia. Nous parcourûmes une prairie d'algues, puis le sol s'abaissa par une pente prononcée. Nous atteignîmes une profondeur de cent mètres. En ce moment, le capitaine Nemo s'arrêta et, du doigt, il me montra quelques masses obscures.

« C'est la forêt de l'île Crespo », pensai-je, et je ne me trompais pas.

UNE FORÊT SOUS-MARINE

Nous étions enfin arrivés à la lisière de cette forêt, sans doute l'une des plus belles de l'immense domaine du capitaine Nemo. Il s'attribuait sur elle les mêmes droits qu'avaient les premiers hommes aux premiers jours du monde. D'ailleurs, qui lui eût disputé la possession de cette propriété sous-marine ? Cette forêt se composait de grandes plantes arborescentes. Toutes montaient vers la surface de l'Océan. Pas de filaments, pas de rubans, si minces qu'ils fussent, qui ne se tinssent droit comme des tiges de fer. C'était ici le règne de la verticalité. Les poissons-mouches volaient de branche en branche, comme un essaim de colibris, tandis que de jaunes lépisacanthes, des dactyloptères et des monocentres se levaient sous nos pas, semblables à une troupe de bécassines.

Vers une heure, le capitaine Nemo donna le signal de la halte. Nous nous étendîmes sous un berceau d'alariées. Après quatre heures de promenade, je fus très étonné de ne pas ressentir un violent besoin de manger. Mais, en revanche, j'éprouvais une insurmontable envie de dormir, ainsi qu'il arrive à tous les plongeurs. Lorsque je me réveillai, une apparition inattendue me remit brusquement sur les pieds.

À quelques pas, une monstrueuse araignée de mer, haute d'un mètre, me regardait de ses yeux louches, prête à s'élancer sur moi. Conseil et le matelot du *Nautilus* s'éveillèrent en ce moment. Le capitaine Nemo montra à son compagnon le hideux crustacé, qu'un coup de crosse abattit aussitôt, et je vis les horribles pattes du monstre se tordre dans des convulsions terribles. Cette rencontre me fit penser que d'autres animaux, plus redoutables, devaient hanter ces fonds obscurs. Je n'y avais pas songé jusqu'alors et je résolus de me tenir sur mes gardes.

Le retour commença. À dix mètres de profondeur, nous marchions au milieu d'un essaim de petits poissons, plus nombreux que les oiseaux dans l'air, plus agiles aussi, mais aucun gibier aquatique digne d'un coup de fusil ne s'était encore offert à nos regards. En ce moment, je vis l'arme du capitaine, vivement épaulée, suivre entre les buissons un objet mobile. Le coup partit, j'entendis un faible sifflement, et un animal retomba foudroyé à quelques pas.

C'était une magnifique loutre de mer, une enhydre, le seul quadrupède qui soit exclusivement marin. Le compagnon du capitaine Nemo vint prendre la bête, la chargea sur son épaule, et l'on se remit en route.

Pendant deux heures, nous suivîmes tantôt des plaines sableuses, tantôt des prairies de varech, fort pénibles à traverser. Franchement, je n'en pouvais plus, quand j'aperçus une vague lueur qui rompait l'obscurité des eaux. C'était le fanal du *Nautilus*.

SOUS LE PACIFIQUE

Le lendemain, 18 novembre, j'étais parfaitement remis de mes fatigues de la veille, et je montai sur la plate-forme au moment où le second du *Nautilus* prononçait sa phrase quotidienne. Il me vint alors à l'esprit qu'elle se rapportait à l'état de la mer, ou plutôt qu'elle signifiait: « Nous n'avons rien en vue. »

Et en effet, l'Océan était désert. Pas une voile à l'horizon.

Cependant, une vingtaine de matelots du *Nautilus*, tous gens vigoureux et bien constitués, étaient montés sur la plate-forme. Ils venaient retirer les filets qui avaient été mis à la traîne pendant la nuit. Ces marins appartenaient évidemment à des nations différentes, bien que le type européen fût indiqué chez tous. Je reconnus, à ne pas me tromper, des Irlandais, des Français, quelques Slaves, un Grec. Du reste, ces hommes étaient sobres de paroles, et n'employaient entre eux que ce bizarre idiome dont je ne pouvais pas même soupçonner l'origine. Aussi, je dus renoncer à les interroger.

Pendant les semaines qui suivirent, le capitaine Nemo fut très sobre de visites. Conseil et Land passaient de longues heures avec moi.

Presque chaque jour, pendant quelques heures, les panneaux du salon s'ouvraient, et nos yeux ne se fatiguaient pas de pénétrer les mystères du monde sous-marin.

Pendant la journée du 11 décembre, j'étais occupé à lire, lorsque Conseil interrompit ma lecture.

– Monsieur veut-il venir un instant? me dit-il d'une voix singulière.

– Qu'y a-t-il donc, Conseil?

– Que Monsieur regarde.

Je me levai, j'allai m'accouder devant la vitre et je regardai.

En pleine lumière électrique, une énorme masse noirâtre, immobile, se tenait suspendue au milieu des eaux.

– Un navire! m'écriai-je.

– Oui, répondit le Canadien, un bâtiment désemparé qui a coulé à pic!

Ned Land ne se trompait pas. Nous étions en présence d'un navire dont les haubans coupés pendaient encore à leurs cadènes. Sa coque paraissait être en bon état, et son naufrage datait au plus de quelques heures. Triste spectacle que celui de cette carcasse perdue sous les flots, mais plus triste encore la vue de son pont où quelques cadavres, amarrés par des cordes, gisaient encore! J'en comptai quatre – quatre hommes, dont l'un se tenait debout au gouvernail, puis une femme à demi sortie par la claire-voie de la dunette.

Nous étions muets, le cœur palpitant devant ce naufrage pris sur le fait, et, pour ainsi dire, photographié à sa dernière minute! Et je voyais déjà s'avancer, l'œil en feu, d'énormes squales attirés par cet appât de chair humaine!

Ce terrible spectacle inaugurait la série des catastrophes maritimes que le *Nautilus* devait rencontrer sur sa route. Depuis qu'il parcourait des mers plus fréquentées, nous apercevions souvent des coques de navire qui achevaient de pourrir entre deux eaux, et, plus profondément, sur le sol, des canons, des boulets, des ancres, des chaînes et mille autres objets de fer, que la rouille dévorait.

Le 2 janvier, nous avions fait onze mille trois cent quarante milles depuis notre point de départ dans les mers du Japon. Devant l'éperon du *Nautilus* s'étendaient les dangereux parages de la mer de Corail, sur la côte nord-est de l'Australie.

Deux jours après avoir traversé la mer de Corail, le 4 janvier, nous eûmes connaissance des côtes de la Papouasie. À cette occasion, le capitaine Nemo m'apprit que son intention était de gagner l'océan Indien par le détroit de Torrès. Sa communication se borna là. Ned vit avec plaisir que cette route le rapprochait des mers européennes.

Le 11 janvier, nous doublâmes le cap Wessel, situé par 135° de longitude et 10° de latitude nord, qui forme la pointe est du golfe de Carpentarie.

Le 13 janvier, le capitaine Nemo, arrivé dans la mer de Timor, avait connaissance de l'île de ce nom par 122° de longitude.

À partir de ce point, la direction du *Nautilus*, en latitude, s'infléchit vers le sud-ouest. Le cap fut mis sur l'océan Indien. Où la fantaisie du capitaine Nemo allait-elle nous entraîner? Remonterait-il vers les côtes de l'Asie ? Se rapprocherait-il des rivages de l'Europe ? L'avenir devait nous l'apprendre.

Pendant cette période du voyage, nos journées se passèrent en expériences de toutes sortes, qui portèrent sur les degrés de salure des eaux à différentes profondeurs, sur leur électrisation, sur leur coloration, et, dans toutes ces circonstances, le capitaine Nemo déploya une ingéniosité qui ne fut égalée que par sa bonne grâce envers moi. Puis, pendant quelques jours, je ne le revis plus, et demeurai de nouveau comme isolé à son bord.

Le 16 janvier, le *Nautilus* parut s'endormir à quelques mètres seulement au-dessous de la surface des flots.

Mes compagnons et moi, nous fûmes alors témoins d'un curieux spectacle. Les panneaux du salon étaient ouverts, et comme le fanal du *Nautilus* n'était pas en activité, une vague obscurité régnait au milieu des eaux.

J'observais l'état de la mer dans ces conditions, et les plus gros poissons ne m'apparaissaient plus que comme des ombres à peine figurées, quand le *Nautilus* se trouva subitement transporté en pleine lumière.

Il flottait au milieu d'une couche phosphorescente produite par des myriades d'animalcules lumineux, dont l'étincellement s'accroissait en glissant sur la coque métallique de l'appareil. Je surprenais alors des éclairs au milieu de ces nappes lumineuses, comme eussent été des coulées de plomb fondu dans une fournaise ardente. Il y avait là une vigueur et un mouvement insolites ! Cette lumière, on la sentait vivante !

Pendant plusieurs heures, le *Nautilus* flotta dans ces ondes brillantes, et notre admiration s'accrut à voir les gros animaux marins s'y jouer comme des salamandres. Je vis là, au milieu de ce feu qui ne brûle pas, des marsouins élégants et rapides, infatigables clowns des mers, et des istiophores longs de trois mètres, intelligents précurseurs des ouragans, dont le formidable glaive heurtait parfois la vitre du salon.

Ce fut un enchantement que cet éblouissant spectacle !

LE ROYAUME DU CORAIL

Le 19 janvier, j'étais au salon, occupé à classer mes notes, lorsque le capitaine ouvrit la porte. Sa physionomie exprimait une tristesse profonde, un réel chagrin.

Il vint vers moi et me dit :

– Êtes-vous médecin, monsieur Aronnax ?

– En effet, dis-je, je suis docteur et interne des hôpitaux. J'ai pratiqué pendant plusieurs années avant d'entrer au Muséum.

– Consentiriez-vous à donner vos soins à l'un de mes hommes ?

– Je suis prêt à vous suivre.

– Venez.

Le capitaine Nemo me conduisit à l'arrière, dans une cabine située près du poste des matelots.

Là, sur un lit, reposait un homme d'une quarantaine d'années, à figure énergique. Je me penchai sur lui. Ce n'était pas seulement un malade, c'était un blessé. Sa tête, emmaillotée de linges sanglants, reposait sur un double oreiller. Je détachai ces linges.

La blessure était horrible. Le crâne, fracassé par un instrument contondant, montrait la cervelle à nu.

Je pris le pouls du blessé. Il était intermittent. Les extrémités du corps se refroidissaient déjà, et je vis que la mort s'approchait.

– D'où vient cette blessure ? demandai-je.

– Qu'importe ! répondit évasivement le capitaine. Un choc a brisé un des leviers de la machine, qui a frappé cet homme… Mais votre avis sur son état ? Vous pouvez parler. Cet homme n'entend pas le français.

– Cet homme sera mort dans deux heures.

La main du capitaine Nemo se crispa, et quelques larmes glissèrent de ses yeux, que je ne croyais pas faits pour pleurer.

– Vous pouvez vous retirer, monsieur Aronnax, me dit-il.

Le lendemain matin, je remontai sur le pont. Le capitaine Nemo vint à moi.

– Monsieur le professeur, vous conviendrait-il de faire aujourd'hui une excursion sous-marine ?

– Avec mes compagnons ? demandai-je.

– Si cela leur plaît.

– Nous sommes à vos ordres, capitaine.

– Veuillez donc aller revêtir vos scaphandres.

Du mourant ou du mort il ne fut pas question.

Il était huit heures du matin. À huit heures et demie, accompagnés du capitaine Nemo que suivaient une douzaine d'hommes de l'équipage, nous prenions pied à une profondeur de dix mètres sur le sol ferme où reposait le *Nautilus*. Une légère pente aboutissait à un fond accidenté. Je reconnus immédiatement cette région merveilleuse dont, ce jour-là, le capitaine Nemo nous faisait les honneurs. C'était le royaume du Corail.

Rien ne pouvait être plus intéressant pour moi que de visiter l'une de ces forêts pétrifiées que la nature a plantées au fond des mers.

La lumière produisait mille effets charmants en se jouant au milieu de ces ramures si vivement colorées. Il me semblait voir ces tubes membraneux et cylindriques trembler sous l'ondulation des eaux. J'étais tenté de cueillir leurs fraîches corolles ornées de délicats tentacules, les unes nouvellement épanouies, les autres naissant à peine, pendant que de légers poissons, aux rapides nageoires, les effleuraient en passant comme des volées d'oiseaux. Mais, si ma main s'approchait de ces fleurs vivantes, de ces sensitives animées, aussitôt l'alerte se mettait dans la colonie. Les corolles blanches rentraient dans leurs étuis rouges, les fleurs s'évanouissaient sous mes regards, et le buisson se changeait en un bloc de mamelons pierreux.

Le capitaine Nemo s'engagea sous une obscure galerie dont la pente douce nous conduisit à une profondeur de trois cents mètres environ. Là, c'était la forêt immense, les grandes végétations minérales, les énormes arbres pétrifiés.

Cependant, le capitaine Nemo s'était arrêté. Me retournant, je vis que ses hommes formaient un demicercle autour de leur chef. Quatre d'entre eux portaient sur leurs épaules un objet de forme oblongue.

Nous occupions, en cet endroit, le centre d'une vaste clairière, entourée par les hautes arborisations de la forêt sous-marine.

Il me vint à la pensée que j'allais assister à une scène étrange. En observant le sol, je vis qu'il était gonflé, en de certains points, par de légères extumescences encroûtées de dépôts calcaires et disposées avec une régularité qui trahissait la main de l'homme.

Au milieu de la clairière, sur un piédestal de rocs grossièrement entassés, se dressait une croix de corail, qui étendait ses longs bras qu'on eût dits faits d'un sang pétrifié. Sur un signe du capitaine Nemo, un de ses hommes s'avança, et à quelques pieds de la croix, il commença à creuser un trou avec une pioche qu'il détacha de sa ceinture.

Je compris tout! Cette clairière, c'était un cimetière; ce trou, une tombe, cet objet oblong, le corps de l'homme mort dans la nuit! Le capitaine Nemo et les siens venaient enterrer leur compagnon dans cette demeure commune, au fond de cet inaccessible Océan.

Cependant la tombe se creusait lentement. Le trou s'allongeait, s'élargissait, et bientôt il fut assez profond pour recevoir le corps.

Alors les porteurs s'approchèrent. Le corps, enveloppé dans un tissu de byssus blanc, descendit dans son humide tombe. Le capitaine Nemo, les bras croisés sur la poitrine, et tous les amis de celui qui les avait aimés s'agenouillèrent dans l'attitude de la prière...

La tombe fut recouverte des débris arrachés au sol, qui formèrent un léger renflement.

Quand ce fut fait, le capitaine Nemo et ses hommes se redressèrent; puis, se rapprochant de la tombe, tous étendirent leur main en signe de suprême adieu...

L'OCÉAN INDIEN

Nous sillonnions les flots de l'océan Indien, vaste plaine liquide d'une contenance de cinq cent cinquante millions d'hectares, et dont les eaux sont si transparentes qu'elles donnent le vertige à qui se penche à leur surface. Le *Nautilus* y flottait généralement entre cent et deux cents mètres de profondeur. Le spectacle de ces riches eaux à travers les vitres du salon, la lecture des livres de la bibliothèque, la rédaction de mes mémoires, employaient tout mon temps et ne me laissaient pas un moment de lassitude ou d'ennui.

Du 21 au 23 janvier, le *Nautilus* marcha à raison de deux cent cinquante lieues par vingt-quatre heures.

Le 24 au matin, par 12° 5' de latitude sud et 94° 33' de longitude, nous eûmes connaissance de l'île de Keeling.

Le 26, nous coupions l'équateur sur le quatre-vingt-deuxième méridien, et nous rentrions dans l'hémisphère boréal.

UNE NOUVELLE PROPOSITION DU CAPITAINE NEMO

Le 28, je reconnus que nous étions en présence de l'île de Ceylan, cette perle qui pend au lobe inférieur de la péninsule indienne.

J'allai chercher dans la bibliothèque quelque livre relatif à cette île.

Le capitaine Nemo et son second parurent en ce moment. Le capitaine jeta un coup d'œil sur la carte. Puis, se retournant vers moi :

– L'île de Ceylan, dit-il, une terre célèbre par ses pêcheries de perles. Vous serait-il agréable, monsieur Aronnax, de visiter l'une de ses pêcheries ?

– Sans aucun doute, capitaine.

– Bien. Je vais donner l'ordre de rallier le golfe de Manaar, où nous arriverons dans la nuit. À propos, monsieur Aronnax, vous n'avez pas peur des requins ?

– Des requins ? m'écriai-je. Je vous avouerai, capitaine, que je ne suis pas encore très familiarisé avec ce genre de poissons.

– Nous y sommes habitués, nous autres, répliqua le capitaine Nemo, et, avec le temps, vous vous y ferez. D'ailleurs, nous serons armés, et, chemin faisant, nous pourrons peut-être chasser quelque squale. C'est une chasse intéressante. Ainsi donc, à demain, monsieur le professeur, et de grand matin.

UNE PERLE DE DIX MILLIONS

Le lendemain, à quatre heures du matin, je fus réveillé par le steward que le capitaine Nemo avait spécialement mis à mon service. Je me levai rapidement, je m'habillai et je passai dans le salon.

Le capitaine Nemo m'y attendait.

– Monsieur Aronnax, me dit-il, êtes-vous prêt à partir ?

– Je suis prêt. Et mes compagnons, capitaine ?

– Ils sont prévenus et nous attendent.

Bientôt nous fûmes emprisonnés jusqu'au cou dans le vêtement de caoutchouc, et des bretelles fixèrent sur notre dos les appareils à air.

– Nous n'irons pas à de grandes profondeurs, dit le capitaine, et les rayons solaires suffiront à éclairer notre marche.

– Et nos armes, lui demandai-je, nos fusils ?

– Des fusils ! À quoi bon ? Vos montagnards n'attaquent-ils pas l'ours un poignard à la main ? Voici une lame solide. Passez-la à votre ceinture et partons.

Je regardai mes compagnons. Ils étaient armés comme nous, et, de plus, Ned Land brandissait un énorme harpon.

Un instant après, nous prenions pied sur un sable uni. Sur nos pas, comme des compagnies de bécassines dans un marais, se levaient des volées de poissons curieux du genre des monoptères, dont les sujets n'ont d'autre nageoire que celle de la queue.

Cependant, le sol changeait peu à peu. Au sable fin succédait une véritable chaussée de rochers arrondis, et nous arpentions enfin le banc de pintadines sur lequel des huîtres perlières se reproduisent par millions.

La pintadine *meleagrina*, la mère perle, dont les valves sont à peu près égales, se présente sous la forme d'une coquille arrondie, aux épaisses parois très rugueuses à l'extérieur.

Le capitaine Nemo me montra de la main cet amoncellement prodigieux de pintadines, et je compris que cette mine était véritablement inépuisable, car la force créatrice de la nature l'emporte sur l'instinct destructif de l'homme.

Le capitaine semblait se diriger par des sentiers connus de lui seul. Dans leurs sombres anfractuosités, de gros crustacés, pointés sur leurs hautes pattes comme des machines de guerre, nous regardaient de leurs yeux fixes. En ce moment s'ouvrit devant nos pas une vaste grotte, creusée dans un pittoresque entassement de rochers tapissés de toutes les hautes-lisses de la flore sous-marine.

Le capitaine Nemo y entra ; nous après lui.

Après avoir descendu une pente assez raide, nos pieds foulèrent le fond d'une sorte de puits circulaire. Là, le capitaine Nemo s'arrêta, et de la main il nous indiqua un objet que je n'avais pas encore aperçu.

C'était une huître de dimension extraordinaire, un tridacne gigantesque, une vasque dont la largeur dépassait deux mètres.

J'estimais le poids de ce tridacne à trois cents kilogrammes.

Les deux valves du mollusque étaient entrouvertes. Le capitaine s'approcha et introduisit son poignard entre les coquilles pour les empêcher de se rabattre ; puis, de la main, il souleva la tunique membraneuse et frangée sur ses bords qui formait le manteau de l'animal. Là, entre les plis foliacés, je vis une perle dont la grosseur égalait celle d'une noix de cocotier. Sa forme globuleuse, sa limpidité parfaite, son orient admirable, en faisaient un bijou d'un inestimable prix. Emporté par la curiosité, j'étendais la main pour la saisir, pour la peser, pour la palper ! Mais le capitaine m'arrêta, fit un signe négatif, et, retirant son poignard par un mouvement rapide, il laissa les deux valves se refermer subitement.

Je compris alors quel était le dessein du capitaine Nemo. En laissant cette perle enfouie sous le manteau du tridacne, il lui permettait de s'accroître insensiblement. Seul, le capitaine connaissait la grotte où « mûrissait » cet admirable fruit de la nature ; seul il l'élevait, pour ainsi dire, afin de la transporter un jour dans son précieux musée. En tout cas, comparant cette perle à celles que je connaissais déjà, j'estimai sa valeur à dix millions de francs au moins. Superbe curiosité naturelle et non bijou de luxe, car je ne sais quelles oreilles féminines auraient pu la supporter.

Le capitaine Nemo quitta la grotte, et nous remontâmes sur le banc de pintadines, au milieu de ces eaux claires que ne troublait pas encore le travail des plongeurs.

Nous marchions isolément, en véritables flâneurs, chacun s'arrêtant ou s'éloignant au gré de sa fantaisie.

Le capitaine Nemo s'arrêta soudain. D'un geste, il nous ordonna de nous blottir près de lui au fond d'une large anfractuosité.

À cinq mètres de moi, une ombre apparut et s'abaissa jusqu'au sol. L'inquiétante idée des requins traversa mon esprit ; mais je me trompais.

C'était un homme, un homme vivant, un Indien, un pêcheur, qui venait glaner avant la récolte. J'apercevais les fonds de son canot mouillé à quelques pieds au-dessus de sa tête. Il plongeait et remontait successivement. Une pierre taillée en pain de sucre et qu'il serrait du pied, tandis qu'une corde la rattachait à son bateau, lui servait à descendre plus rapidement au fond de la mer. C'était là tout son outillage. Arrivé au sol par cinq mètres de profondeur environ, il se précipitait à genoux et remplissait son sac de pintadines ramassées au hasard. Puis il remontait, vidait son sac, ramenait sa pierre et recommençait son opération, qui ne durait que trente secondes.

Tout d'un coup, à un moment où l'Indien était agenouillé sur le sol, je lui vis faire un geste d'effroi.

Je compris son épouvante. Une ombre gigantesque apparaissait au-dessus du malheureux plongeur. C'était un requin de grande taille qui s'avançait diagonalement, l'œil en feu, les mâchoires ouvertes.

J'étais muet d'horreur, incapable de faire un mouvement.

Le vorace animal, d'un vigoureux coup de nageoire, s'élança vers l'Indien, qui se jeta de côté et évita la morsure du requin, mais non le battement de sa queue : car cette queue, le frappant à la poitrine, l'étendit sur le sol.

Cette scène avait duré quelques secondes à peine. Le requin revint, et, se retournant sur le dos, il s'apprêtait à couper l'Indien en deux, quand le capitaine Nemo, son poignard à la main, marcha droit au monstre, prêt à lutter corps à corps avec lui.

Le squale, au moment où il allait happer le malheureux pêcheur, aperçut son nouvel adversaire et se dirigea rapidement vers lui.

Je vois encore la pose du capitaine Nemo. Replié sur lui-même, il attendait avec un admirable sang-froid le formidable squale, et lorsque celui-ci se précipita sur lui, le capitaine, se jetant de côté avec une prestesse prodigieuse, évita le choc et lui enfonça son poignard dans le ventre. Mais, tout n'était pas dit : un combat terrible s'engagea.

Le requin avait rugi, pour ainsi dire. Le sang sortait à flots de sa blessure. La mer se teignit de rouge, et je ne vis plus rien.

Plus rien jusqu'au moment où, dans une éclaircie, j'aperçus l'audacieux capitaine, cramponné à l'une des nageoires de l'animal, luttant corps à corps avec le monstre, labourant de coups de poignard le ventre de son ennemi, sans pouvoir toutefois porter le coup définitif, c'est-à-dire l'atteindre en plein cœur.

Le capitaine tomba sur le sol, renversé par la masse énorme qui pesait sur lui. Puis les mâchoires du requin s'ouvrirent démesurément comme une cisaille d'usine, et c'en était fait du capitaine si, prompt comme la pensée, son harpon à la main, Ned Land, se précipitant vers le requin, ne l'eût frappé de sa terrible pointe.

Le capitaine, relevé sans blessures, alla droit à l'Indien, coupa vivement la corde qui le liait à sa pierre, le prit dans ses bras et, d'un vigoureux coup de talon, il remonta à la surface de la mer.

Nous le suivîmes tous trois et, en quelques instants, nous atteignions l'embarcation du pêcheur.

Sous les vigoureuses frictions de Conseil et du capitaine, je vis, peu à peu, le noyé revenir au sentiment. Il ouvrit les yeux. Quelle dut être sa surprise, son épouvante même, à voir les quatre grosses têtes de cuivre qui se penchaient sur lui !

Et surtout, que dut-il penser quand le capitaine Nemo, tirant d'une poche de son vêtement un sachet de perles, le lui eût mis dans la main ? Cette magnifique aumône de l'homme des eaux au pauvre Indien de Ceylan fut acceptée par celui-ci d'une main tremblante.

Sur un signe du capitaine, nous regagnâmes le banc de pintadines et, suivant la route déjà parcourue, après une demi-heure de marche, nous rencontrions le *Nautilus*.

Chacun de nous, avec l'aide des matelots, se débarrassa de sa lourde carapace de cuivre.

La première parole du capitaine Nemo fut pour le Canadien :

– Merci, maître Land, lui dit-il.

– C'est une revanche, capitaine, répondit Ned Land. Je vous devais cela.

Un pâle sourire glissa sur les lèvres du capitaine, et ce fut tout.

Je me pris à réfléchir sur les incidents de notre excursion au banc de Manaar. Deux observations s'en dégageaient inévitablement : l'une portant sur l'audace sans pareille du capitaine Nemo, l'autre sur son dévouement pour un être humain, l'un des représentants de cette race qu'il fuyait sous les mers. Quoi qu'il en dît, cet homme étrange n'était pas parvenu encore à tuer son cœur tout entier.

Lorsque je lui fis cette observation, il me répondit d'un ton légèrement ému :

– Cet Indien, monsieur le professeur, c'est un habitant du pays des opprimés, et je suis encore, et, jusqu'à mon dernier souffle, je serai de ce pays-là !

LA MER ROUGE

Pendant la journée du 29 janvier, l'île de Ceylan disparut sous l'horizon.

Le lendemain, 30 janvier, lorsque le *Nautilus* remonta à la surface de l'Océan, il n'avait plus aucune terre en vue. Il se dirigeait vers cette mer d'Oman, creusée entre l'Arabie et la péninsule indienne.

Où nous conduisait donc le capitaine Nemo ? Je n'aurais pu le dire. Ce qui ne satisfit pas le Canadien.

– Le golfe Persique n'a pas d'issue, et si nous y entrons, nous ne tarderons guère à revenir sur nos pas.

Pendant quatre jours, le *Nautilus* visita la mer d'Oman.

Le 5 février, nous donnions enfin dans le golfe d'Aden.

Le 7 février, nous embouquions le détroit de Bab-el-Mandeb, dont le nom veut dire en langue arabe : la « porte des larmes ».

Et enfin, à midi, nous sillonnions les flots de la mer Rouge.

Le *Nautilus* se rapprocha des rivages africains. Là, entre deux eaux d'une limpidité de cristal, par les panneaux ouverts, il nous permit de contempler d'admirables buissons de coraux éclatants et de vastes pans de rochers revêtus d'une splendide fourrure verte d'algues et de fucus.

Là croissaient des éponges de toutes formes, des éponges pédiculées, foliacées, globuleuses, digitées. Elles justifiaient assez exactement ces noms de corbeille, de calice, de quenouille, de corne d'élan, de pied de lion, de queue de paon, de gant de Neptune, que leur ont attribués les pêcheurs, plus poètes que les savants.

Le 9 février, le *Nautilus* flottait dans cette partie la plus large de la mer Rouge, qui est comprise entre Suakin sur la côte ouest et Quonfodah sur la côte est.

Ce jour-là à midi, après le point, le capitaine Nemo monta sur la plate-forme où je me trouvais :

– Eh bien, monsieur le professeur, cette mer Rouge vous plaît-elle ? Avez-vous suffisamment observé les merveilles qu'elle recouvre ?

– Oui, capitaine Nemo, répondis-je, et le *Nautilus* s'est merveilleusement prêté à toute cette étude.

– Vous pourrez apercevoir les longues jetées de Port-Saïd après-demain, quand nous serons dans la Méditerranée.

– Dans la Méditerranée ! m'écriai-je.

– Oui, monsieur le professeur. Cela vous étonne ?

– Ce qui m'étonne, c'est l'effroyable vitesse que vous serez forcé d'imprimer au *Nautilus* s'il doit se retrouver après-demain en pleine Méditerranée, ayant fait le tour de l'Afrique et doublé le cap de Bonne-Espérance !

– Et qui vous dit qu'il fera le tour de l'Afrique, monsieur le professeur ? Qui vous parle de doubler le cap de Bonne-Espérance ?

– Cependant, à moins que le *Nautilus* ne navigue en terre ferme et qu'il ne passe par-dessus l'isthme…

– Ou par-dessous, monsieur Aronnax.

– Par-dessous ?

– Sans doute, répondit tranquillement le capitaine Nemo. Depuis longtemps la nature a fait sous cette langue de terre ce que les hommes font aujourd'hui à sa surface.

– Quoi ! il existerait un passage ?

– Oui, un passage souterrain que j'ai nommé Arabian-Tunnel. Il s'ouvre au-dessous de Suez et aboutit au golfe de Péluse.

– Mais cet isthme n'est composé que de sables mouvants ?

– Jusqu'à une certaine profondeur. Mais à cinquante mètres seulement se rencontre une inébranlable assise de roc. Avant peu, monsieur le professeur, vous aussi vous aurez franchi mon tunnel arabique !

ARABIAN-TUNNEL

Le 11 février, le *Nautilus* pénétra dans le détroit de Jubal, qui conduit au golfe de Suez.

De huit à neuf heures, le *Nautilus* demeura à quelques mètres sous les eaux. Suivant mon calcul, nous devions être très près de Suez. À travers les panneaux du salon, j'apercevais des fonds de rochers vivement éclairés par notre lumière électrique. Il me semblait que le détroit se rétrécissait de plus en plus.

À neuf heures un quart, le bateau étant revenu à la surface. Je montai sur la plate-forme. Très impatient de franchir le tunnel du capitaine Nemo, je ne pouvais tenir en place.

Bientôt, dans l'ombre, j'aperçus un feu pâle, à demi décoloré par la brume, qui brillait à un mille de nous.

– Un phare flottant, dit-on près de moi.

Je me retournai et je reconnus le capitaine.

– C'est le feu flottant de Suez, reprit-il. Nous ne tarderons pas à gagner l'orifice du tunnel.

– L'entrée n'en doit pas être facile ?

– Non, monsieur. Aussi j'ai pour habitude de me tenir dans la cage du timonier pour diriger moi-même la manœuvre. Et maintenant, si vous voulez descendre, monsieur Aronnax, le *Nautilus* va s'enfoncer sous les flots, et il ne reviendra à leur surface qu'après avoir franchi l'Arabian-Tunnel.

Je suivis le capitaine Nemo. Le panneau se ferma, les réservoirs d'eau s'emplirent, et l'appareil s'immergea d'une dizaine de mètres.

Au moment où je me disposais à regagner ma chambre, le capitaine m'arrêta.

– Monsieur le professeur, me dit-il, vous plairait-il de m'accompagner dans la cage du pilote ?

– Je n'osais vous le demander, répondis-je.

– Venez donc. Vous verrez ainsi tout ce que l'on peut voir de cette navigation à la fois sous-terrestre et sous-marine.

Le capitaine Nemo me conduisit vers l'escalier central. À mi-rampe, il ouvrit une porte, suivit les coursives supérieures et arriva dans la cage du pilote, qui s'élevait à l'extrémité de la plate-forme.

C'était une cabine mesurant six pieds sur chaque face. Au milieu se manœuvrait une roue disposée verticalement, engrenée sur les drosses du gouvernail qui couraient jusqu'à l'arrière du *Nautilus*. Quatre hublots de verres lenticulaires permettaient à l'homme de barre de regarder dans toutes les directions.

Cette cabine était obscure ; mais bientôt mes yeux s'accoutumèrent à cette obscurité, et j'aperçus le pilote, un homme vigoureux, dont les mains s'appuyaient sur les jantes de la roue.

Je regardais en silence la haute muraille que nous longions en ce moment, inébranlable base du massif sableux de la côte. Nous la suivîmes ainsi pendant une heure, à quelques mètres de distance seulement. Le capitaine Nemo ne quittait pas du regard la boussole suspendue dans la cabine.

À dix heures un quart, il prit lui-même la barre. Une large galerie, noire et profonde, s'ouvrait devant nous. Le *Nautilus* s'y engouffra hardiment. Un bruissement inaccoutumé se fit entendre sur ses flancs. C'étaient les eaux de la mer Rouge que la pente du tunnel précipitait vers la Méditerranée. Le *Nautilus* suivait le torrent, rapide comme une flèche, malgré les efforts de sa machine qui, pour résister, battait les flots à contre-hélice.

À dix heures trente-cinq minutes, le capitaine Nemo, abandonnant la roue du gouvernail et se retournant vers moi :

– La Méditerranée, me dit-il.

En moins de vingt minutes, le *Nautilus*, entraîné par ce torrent, venait de franchir l'isthme de Suez.

L'ARCHIPEL GREC

Le 14 février, en relevant la position du *Nautilus*, je remarquai qu'il marchait vers Candie, l'ancienne île de Crète. Au moment où je m'étais embarqué sur l'*Abraham-Lincoln*, cette île venait de s'insurger tout entière contre le despotisme turc. Mais ce qu'était devenue cette insurrection depuis cette époque, je l'ignorais absolument, et ce n'était pas le capitaine Nemo, privé de toute communication avec la terre, qui aurait pu me l'apprendre.

Je ne fis donc aucune allusion à cet événement, lorsque, le soir, je me trouvai seul avec lui dans le salon. D'ailleurs, il me sembla taciturne, préoccupé. Il ordonna d'ouvrir les deux panneaux du salon, et, allant de l'un à l'autre, il observa attentivement la masse des eaux. Dans quel but ? je ne pouvais le deviner, et, de mon côté, j'employais mon temps à étudier les poissons qui passaient devant mes yeux quand ils furent frappés soudain par une apparition inattendue.

Au milieu des eaux, un homme apparut, un plongeur portant à sa ceinture une bourse de cuir.

– Un homme ! un naufragé ! m'écriai-je. Il faut le sauver à tout prix !

Le capitaine ne me répondit pas et vint s'appuyer à la vitre. L'homme s'était rapproché, et, la face collée au panneau, il nous regardait.

À ma profonde stupéfaction, le capitaine Nemo lui fit un signe. Le plongeur lui répondit de la main, remonta immédiatement vers la surface de la mer et ne reparut plus.

– Ne vous inquiétez pas, me dit le capitaine. C'est Nicolas. Il est bien connu dans toutes les Cyclades. Un hardi plongeur!

– Vous le connaissez, capitaine?

– Pourquoi pas, monsieur Aronnax?

Cela dit, le capitaine Nemo se dirigea vers un meuble placé près du panneau gauche du salon. Près de ce meuble, je vis un coffre cerclé de fer, dont le couvercle portait sur une plaque de cuivre le chiffre du *Nautilus*, avec sa devise *Mobilis in mobile*.

Le capitaine, sans se préoccuper de ma présence, ouvrit le meuble, sorte de coffre-fort qui renfermait un grand nombre de lingots.

C'étaient des lingots d'or.

Le capitaine Nemo prit un à un ces lingots et les rangea méthodiquement dans le coffre, qu'il remplit entièrement. J'estimai qu'il contenait alors plus de mille kilogrammes d'or.

Le coffre fut solidement fermé, et le capitaine écrivit sur son couvercle une adresse en caractères qui devaient appartenir au grec moderne.

Cela fait, le capitaine Nemo pressa un bouton. Quatre hommes parurent, et non sans peine ils poussèrent le coffre hors du salon. Puis j'entendis qu'ils le hissaient au moyen de palans sur l'escalier de fer.

Le capitaine Nemo se tourna vers moi:

– Vous disiez, monsieur le professeur?

– Je ne disais rien, capitaine.

– Alors, monsieur, vous me permettrez de vous souhaiter le bonsoir.

Sur ce, le capitaine Nemo quitta le salon.

Je rentrai dans ma chambre très intrigué. Bientôt, je sentis que le *Nautilus* revenait à la surface des eaux.

Puis, j'entendis un bruit de pas sur la plate-forme. Je compris que l'on détachait le canot, qu'on le lançait à la mer.

Deux heures après, le même bruit, les mêmes allées et venues se reproduisaient. L'embarcation, hissée à bord, était rajustée dans son alvéole, et le *Nautilus* se replongeait sous les flots.

La Méditerranée, resserrée au milieu de ces terres qu'il voulait fuir, déplaisait au capitaine Nemo.

Aussi notre vitesse fut-elle de vingt-cinq milles à l'heure, soit douze lieues de quatre kilomètres.

Le 18 février, vers trois heures du matin, le *Nautilus* se présentait à l'entrée du détroit de Gibraltar.

Là, un courant inférieur verse dans le bassin de l'Atlantique le trop-plein de la Méditerranée. C'est de ce contre-courant que profita le *Nautilus*. Il s'avança rapidement par l'étroite passe. Un instant je pus entrevoir les admirables ruines du temple d'Hercule, et quelques minutes plus tard nous flottions sur les flots de l'Atlantique.

LA BAIE DE VIGO

L'Atlantique ! Le *Nautilus* en brisait les eaux sous le tranchant de son éperon, après avoir accompli près de dix mille lieues en trois mois et demi. Où allions-nous maintenant, et que nous réservait l'avenir ?

Le *Nautilus*, sorti du détroit de Gibraltar, avait pris le large. Il revint à la surface des flots, et nos promenades quotidiennes sur la plate-forme nous furent ainsi rendues. J'y montai aussitôt, accompagné de Ned Land. La mer était grosse, houleuse. Il était presque impossible de se maintenir sur la plate-forme. Nous redescendîmes donc après avoir humé quelques bouffées d'air.

Je regagnai ma chambre. Le Canadien, l'air assez préoccupé, me suivit. Ses lèvres serrées, ses sourcils froncés, indiquaient chez lui la violente obsession d'une idée fixe.

– C'est pour ce soir, dit-il.

J'étais, je l'avoue, peu préparé à cette communication. J'aurais voulu répondre au Canadien, mais les mots ne me vinrent pas.

– Ce soir, nous ne serons qu'à quelques milles de la côte espagnole. La nuit est sombre. Le vent souffle du large. J'ai prévenu Conseil. Nous gagnerons l'escalier central. Vous, monsieur Aronnax, vous resterez dans la bibliothèque, attendant mon signal. Les avirons, le mât et la voile sont dans le canot. Je suis même parvenu à y porter quelques provisions. Ainsi tout est prêt. À ce soir.

Le Canadien se retira, me laissant presque abasourdi. En ce moment, un sifflement assez fort m'apprit que les réservoirs se remplissaient, et le *Nautilus* s'enfonça sous les flots de l'Atlantique.

À neuf heures moins quelques minutes, j'allai me poster près de la porte qui donnait sur la cage de l'escalier central. J'attendis le signal de Ned Land. Le silence n'était plus troublé que par les battements de mon cœur. Soudain, un léger choc se fit sentir. Je compris que le *Nautilus* venait de s'arrêter sur le fond de l'Océan. J'avais envie de rejoindre Ned Land pour l'engager à remettre sa tentative. En ce moment, la porte s'ouvrit, et le capitaine Nemo parut.

– Ah ! monsieur le professeur, dit-il d'un ton aimable, je vous cherchais. Savez-vous votre histoire d'Espagne ?

On saurait à fond l'histoire de son propre pays que, dans les conditions où je me trouvais, l'esprit troublé, la tête perdue, on ne pourrait en citer un mot.

– Très mal, répondis-je.

– Voilà bien les savants, dit le capitaine, ils ne savent pas. Alors je vais vous raconter un curieux épisode de cette histoire. Si vous le voulez bien, nous remonterons à 1702. À cette époque, votre roi Louis XIV, croyant qu'il suffisait d'un geste de potentat pour faire rentrer les Pyrénées sous terre, avait imposé le duc d'Anjou, son petit-fils, aux Espagnols. Ce prince, qui régna plus ou moins mal sous le nom de Philippe V, eut affaire, au-dehors, à forte partie.

«En effet, l'année précédente, les maisons royales de Hollande, d'Autriche et d'Angleterre avaient conclu à La Haye un traité d'alliance, dans le but d'arracher la couronne d'Espagne à Philippe V, pour la placer sur la tête d'un archiduc.

«L'Espagne dut résister à cette coalition. Mais elle était à peu près dépourvue de soldats et de marins. Cependant l'argent ne lui manquait pas, à la condition toutefois que ses galions, chargés de l'or et de l'argent de l'Amérique, entrassent dans ses ports. Or, vers la fin de 1702, elle attendait un riche convoi que la France faisait escorter par une flotte de vingt-trois vaisseaux commandés par l'amiral de Château-Renaud, car les marines coalisées couraient alors l'Atlantique.

«Ce convoi devait se rendre à Cadix; mais l'amiral, ayant appris que la flotte anglaise croisait dans ces parages, résolut de rallier un port de France.

«Les commandants espagnols du convoi protestèrent contre cette décision. Ils voulurent être conduits dans un port espagnol et, à défaut de Cadix, dans la baie de Vigo, située sur la côte nord-ouest de l'Espagne, et qui n'était pas bloquée. L'amiral de Château-Renaud eut la faiblesse d'obéir à cette injonction, et les galions entrèrent dans la baie de Vigo.

«Malheureusement cette baie forme une rade ouverte qui ne peut être aucunement défendue.

«Le 22 octobre 1702, les vaisseaux anglais arrivèrent dans la baie de Vigo. L'amiral de Château-Renaud, malgré ses forces inférieures, se battit courageusement; mais quand il vit que les richesses du convoi allaient tomber entre les mains des ennemis, il incendia et saborda les galions, qui s'engloutirent avec leurs immenses trésors.

Le capitaine Nemo s'était arrêté.

– Eh bien ? lui demandai-je.

– Eh bien, monsieur Aronnax, nous sommes dans cette baie de Vigo, et il ne tient qu'à vous d'en pénétrer les mystères.

Le capitaine me pria de le suivre. Le salon était obscur, mais à travers les vitres transparentes étincelaient les flots de la mer. Je regardai.

Autour du *Nautilus*, les eaux apparaissaient imprégnées de lumière électrique. Le fond sableux était net et clair. Des hommes de l'équipage, revêtus de scaphandres, s'occupaient à déblayer des tonneaux à demi pourris, des caisses éventrées, au milieu d'épaves encore noircies. De ces caisses, de ces barils, s'échappaient des lingots d'or et d'argent, des cascades de piastres et de bijoux. Le sable en était jonché. Puis, chargés de ce précieux butin, ces hommes revenaient au *Nautilus*, y déposaient leur fardeau et allaient reprendre cette inépuisable pêche d'argent et d'or.

Je comprenais. C'était ici le théâtre de la bataille du 22 octobre 1702. Ici même avaient coulé les galions chargés pour le compte du gouvernement espagnol. Ici le capitaine Nemo venait encaisser, suivant ses besoins, les millions dont il lestait son *Nautilus*.

– Je n'ai qu'à ramasser ce que les hommes ont perdu, et non seulement dans cette baie de Vigo, mais encore sur mille théâtres de naufrages dont ma carte sous-marine a noté la place. Comprenez-vous maintenant que je sois riche à milliards ?

– Je le comprends, capitaine. Permettez-moi, pourtant, de vous dire qu'en exploitant cette baie de Vigo, vous n'avez fait que devancer les travaux d'une société qui a reçu du gouvernement espagnol le privilège de rechercher les galions engloutis. Les actionnaires sont alléchés par l'appât d'un énorme bénéfice. Aussi un bon avis à ces actionnaires serait-il acte de charité. Je les plains moins après tout que ces milliers de malheureux auxquels tant de richesses bien réparties eussent pu profiter, tandis qu'elles seront à jamais stériles pour eux !

Je n'avais pas plutôt exprimé ce regret que je sentis qu'il avait dû blesser le capitaine Nemo.

– Stériles ! répondit-il en s'animant. Est-ce pour moi, selon vous, que je me donne la peine de recueillir ces trésors ? Qui vous dit que je n'en fais pas un bon usage ? Croyez-vous que j'ignore qu'il existe des êtres souffrants, des races opprimées sur cette terre, des misérables à soulager, des victimes à venger ? Ne comprenez-vous pas ?...

Le capitaine Nemo s'arrêta sur ces dernières paroles, regrettant peut-être d'avoir trop parlé. Mais j'avais deviné. Quels que fussent les motifs qui l'avaient forcé à chercher l'indépendance sous les mers, avant tout il était resté un homme ! Son cœur palpitait encore aux souffrances de l'humanité, et son immense charité s'adressait aux races asservies comme aux individus !

Et je compris alors à qui étaient destinés ces millions expédiés par le capitaine Nemo, lorsque le *Nautilus* naviguait dans les eaux de la Crète insurgée !

UN CONTINENT DISPARU

Le lendemain matin, 19 février, je vis entrer le Canadien dans ma chambre. Il avait l'air désappointé.

– Eh bien, Ned, le hasard s'est mis contre nous hier.

– Oui ! Il a fallu que ce damné capitaine s'arrêtât précisément à l'heure où nous allions fuir son bateau.

– Oui, Ned, il avait affaire chez son banquier.

– Son banquier !

Je racontai alors au Canadien les incidents de la veille. Mon récit n'eut d'autre résultat que le regret énergiquement exprimé par Ned de n'avoir pu faire pour son compte une promenade sur le champ de bataille de Vigo.

– Enfin, dit-il, tout n'est pas fini ! Une autre fois nous réussirons...

Le Canadien retourna près de Conseil. Je passai dans le salon. Le compas n'était pas rassurant. La route du *Nautilus* était sud-sud-ouest. Nous tournions le dos à l'Europe.

Le soir, vers onze heures, je reçus la visite très inattendue du capitaine Nemo.

– Monsieur Aronnax, vous n'avez encore visité les fonds sous-marins que le jour et sous la clarté du soleil. Vous conviendrait-il de les voir par une nuit obscure ?

– Très volontiers.

– Venez donc, monsieur le professeur, nous allons revêtir nos scaphandres.

Arrivé au vestiaire, je vis que ni mes compagnons ni aucun homme de l'équipage ne devait nous suivre pendant cette excursion.

Les lampes électriques n'étaient pas préparées. Je le fis observer au capitaine.

– Elles nous seraient inutiles, répondit-il.

Quelques minutes plus tard, nous prenions pied sur le fond de l'Atlantique, à une profondeur de trois cents mètres. Les eaux étaient profondément obscures, mais le capitaine Nemo me montra dans le lointain un point rougeâtre, une sorte de large lueur, qui brillait à deux milles environ du *Nautilus*. Ce qu'était ce feu, je n'aurais pu le dire. En tout cas, il nous éclairait, vaguement il est vrai, mais je m'accoutumai bientôt à ces ténèbres particulières.

Après une demi-heure de marche, le sol devint rocailleux. J'entrevoyais des monceaux de pierres disposés sur le fond océanique suivant une certaine régularité que je ne m'expliquais pas. Il me semblait que mes lourdes semelles de plomb écrasaient une litière d'ossements qui craquaient avec un bruit sec.

Cependant, la clarté rougeâtre qui nous guidait s'accroissait et enflammait l'horizon. La présence de ce foyer sous les eaux m'intriguait au plus haut degré.

Notre route s'éclairait de plus en plus. La lueur blanchissante rayonnait au sommet d'une montagne haute de huit cents pieds environ.

Le capitaine Nemo s'avançait sans hésitation. Il connaissait cette sombre route. Je le suivais avec une confiance inébranlable. Il m'apparaissait comme un des génies de la mer.

Il était une heure du matin. Nous étions arrivés aux premières rampes de la montagne. Mais pour les aborder, il fallut s'aventurer par les sentiers difficiles d'un vaste taillis.

Oui! un taillis d'arbres morts, sans feuilles, sans sève, arbres minéralisés sous l'action des eaux, et que dominaient çà et là des pins gigantesques. C'était comme une houillère encore debout, tenant par ses racines au sol effondré, et dont la ramure, à la manière des fines découpures de papier noir, se dessinait nettement sur le plafond des eaux. Les sentiers étaient encombrés d'algues et de fucus, entre lesquels grouillait un monde de crustacés. J'allais, gravissant les rocs, enjambant les troncs étendus, brisant les lianes de mer qui se balançaient d'un arbre à l'autre, effarouchant les poissons qui volaient de branche en branche. Entraîné, je ne sentais plus la fatigue.

Deux heures après avoir quitté le *Nautilus*, nous avions franchi la ligne des arbres, et à cent pieds au-dessus de nos têtes se dressait le pic de la montagne. La masse rocheuse était creusée de grottes profondes, d'insondables trous au fond desquels j'entendais remuer des choses formidables. Des milliers de points lumineux brillaient au milieu des ténèbres. C'étaient les yeux de crustacés gigantesques, tapis dans leur tanière.

Le capitaine Nemo, familiarisé avec ces terribles animaux, n'y prenait plus garde. Nous étions arrivés à un premier plateau, où d'autres surprises m'attendaient encore. Là se dessinaient de pittoresques ruines, qui trahissaient la main de l'homme. C'étaient de vastes amoncellements de pierres où l'on distinguait de vagues formes de châteaux, de temples, revêtus d'un monde de zoophytes en fleurs.

Mais qu'était donc cette portion du globe engloutie par les cataclysmes ?

J'aurais voulu interroger le capitaine Nemo. Je saisis son bras, mais lui, secouant la tête, et me montrant le sommet de la montagne, sembla me dire :

« Viens ! viens encore ! viens toujours ! »

Je le suivis dans un dernier élan, et en quelques minutes j'eus gravi le pic qui dominait d'une dizaine de mètres toute cette masse rocheuse.

Mes regards s'étendaient au loin et embrassaient un vaste espace éclairé par une fulguration violente. En effet, c'était un volcan que cette montagne. À cinquante pieds au-dessous du pic, au milieu d'une pluie de pierres et de scories, un large cratère vomissait des torrents de lave, qui se dispersaient en cascades de feu au sein de la masse liquide – des laves, mais non des flammes. Il faut aux flammes l'oxygène de l'air, et elles ne sauraient se développer sous les eaux.

Là, sous mes yeux, ruinée, abîmée, jetée bas, apparaissait une ville détruite, ses toits effondrés, ses temples abattus, ses arcs disloqués, ses colonnes gisant à terre ; plus loin, quelques restes d'un gigantesque aqueduc ; ici l'exhaussement empâté d'une acropole, avec les formes flottantes d'un Parthénon ; là, des vestiges de quai, comme si quelque antique port eût abrité jadis sur les bords d'un océan disparu les vaisseaux marchands et les trirèmes de guerre ; plus loin encore, de longues lignes de murailles écroulées, de larges rues désertes, toute une Pompéi enfouie sous les eaux, que le capitaine Nemo ressuscitait à mes regards !

Où étais-je ? Où étais-je ? Je voulais le savoir à tout prix je voulais parler, je voulais arracher la sphère de cuivre qui emprisonnait ma tête.

Mais le capitaine Nemo vint à moi et m'arrêta d'un geste. Puis, ramassant un morceau de pierre crayeuse, il s'avança vers un roc de basalte noir et traça ce seul mot :

ATLANTIDE

Quel éclair traversa mon esprit ! L'Atlantide, l'Atlantide de Platon, je l'avais là sous les yeux, portant encore les irrécusables témoignages de sa catastrophe !

Nous restâmes à cette place pendant une heure entière, contemplant la vaste plaine sous l'éclat des laves qui prenaient parfois une intensité surprenante. La lune apparut un instant à travers la masse des eaux et jeta quelques pâles rayons sur le continent englouti. Ce ne fut qu'une lueur, mais d'un indescriptible effet. Le capitaine jeta un dernier regard à cette immense plaine ; puis, de la main, il me fit signe de le suivre.

Nous descendîmes rapidement la montagne. La forêt minérale une fois dépassée, j'aperçus le fanal du *Nautilus* qui brillait comme une étoile. Le capitaine marcha droit à lui, et nous étions rentrés à bord au moment où les premières teintes de l'aube blanchissaient la surface de l'Océan.

LES HOUILLÈRES SOUS-MARINES

Le lendemain, 20 février, je me réveillai fort tard.

Conseil entra. Je lui racontai notre excursion nocturne, et, les panneaux étant ouverts, il put encore entrevoir une partie de ce continent submergé.

Je lui racontai l'histoire des Atlantes. Conseil, distrait, m'écoutait peu. En effet, de nombreux poissons attiraient ses regards et quand passaient des poissons, Conseil, emporté dans les abîmes de la classification, sortait du monde réel. Dans ce cas, je n'avais plus qu'à le suivre et à reprendre avec lui nos études ichtyologiques. Mais, tout en observant les divers échantillons de la faune marine, je ne laissais pas d'examiner les longues plaines de l'Atlantide.

Vers quatre heures du soir, le terrain se modifia peu à peu ; il devint plus rocailleux. Je pensai que la région des montagnes allait bientôt succéder aux longues plaines, et, en effet, dans certaines évolutions du *Nautilus*, j'aperçus l'horizon méridional barré par une haute muraille qui semblait fermer toute issue. Son sommet dépassait évidemment le niveau de l'Océan. Ce devait être un continent, ou tout au moins une île.

Le lendemain, il était huit heures lorsque je revins au salon. Le manomètre m'apprit que le *Nautilus* flottait à la surface de l'Océan. Cependant aucun roulis ne trahissait l'ondulation des lames supérieures.

Je montai jusqu'au panneau. Il était ouvert. Mais, au lieu du grand jour que j'attendais, je me vis environné d'une obscurité profonde.

Je ne savais que penser, quand une voix me dit :

– C'est vous, monsieur le professeur ?

– Ah ! capitaine Nemo, répondis-je, où sommes-nous ?

– Sous terre, monsieur le professeur.

– Sous terre ! Et le *Nautilus* flotte encore ?

– Attendez quelques instants. Notre fanal va s'allumer, et, si vous aimez les situations claires, vous serez satisfait.

Je mis le pied sur la plate-forme et j'attendis. L'obscurité était si complète que je n'apercevais même pas le capitaine Nemo. En ce moment, le fanal s'alluma soudain.

Le *Nautilus* flottait auprès d'une berge disposée comme un quai. Cette mer qui le supportait en ce moment, c'était un lac emprisonné dans un cirque de murailles qui mesurait deux milles de diamètre.

– Où sommes-nous ? dis-je.

– Au centre même d'un volcan éteint, me répondit le capitaine, un volcan dont la mer a envahi l'intérieur à la suite de quelque convulsion du sol. Pendant que vous dormiez, monsieur le professeur, le *Nautilus* a pénétré dans ce lagon par un canal naturel ouvert à dix mètres au-dessous de la surface de l'Océan. C'est ici son port d'attache, un port sûr, commode, mystérieux, abrité du vent !

– Mais à quoi bon ce refuge ? Le *Nautilus* n'a pas besoin de port.

– Non, monsieur le professeur, mais il a besoin d'électricité pour se mouvoir, d'éléments pour produire son électricité, de sodium pour alimenter ses éléments, de charbon pour faire son sodium, et de houillères pour extraire son charbon. Or, précisément ici, la mer recouvre des forêts entières qui furent enlisées dans les temps géologiques ; minéralisées maintenant et transformées en houille, elles sont pour moi une mine inépuisable. C'est ici que, revêtus du scaphandre, le pic et la pioche à la main, mes hommes vont extraire cette houille.

– Et nous les verrons à l'œuvre ?

– Non, pas cette fois, car je suis pressé de continuer notre tour du monde sous-marin. Aussi, me contenterai-je de puiser aux réserves de sodium que je possède. Le temps de les embarquer, et nous reprendrons notre voyage.

Le lendemain, le *Nautilus*, ayant quitté son port d'attache, naviguait au large de toute terre, et à quelques mètres au-dessous des flots de l'Atlantique.

LA MER DE SARGASSES

La direction du *Nautilus* ne s'était pas modifiée. Tout espoir de revenir vers les mers européennes devait donc être momentanément rejeté. Le capitaine Nemo maintenait le cap vers le sud. Où nous entraînait-il ? Je n'osais l'imaginer.

Ce jour-là, le *Nautilus* traversa une singulière portion de l'océan Atlantique, la mer de Sargasses, qui couvre toute la partie immergée de l'Atlantide. Certains auteurs ont même admis que les nombreuses herbes dont elle est semée sont arrachées aux prairies de cet ancien continent. Telle était cette région que le *Nautilus* visitait en ce moment, une prairie véritable, un tapis serré d'algues, de fucus natans, de raisins du tropique, si épais, si compact, que l'étrave d'un bâtiment ne l'eût pas déchiré sans peine. Aussi, le capitaine Nemo, ne voulant pas engager son hélice dans cette masse herbeuse, se tint-il à quelques mètres de profondeur au-dessous de la surface des flots.

Depuis ce moment, pendant dix-neuf jours, du 23 février au 12 mars, le *Nautilus*, tenant le milieu de l'Atlantique, nous emporta avec une vitesse constante de cent lieues par vingt-quatre heures. Pendant les dix-neuf jours, aucun incident particulier ne signala notre voyage. Et nous naviguâmes des journées entières à la surface des flots.

Pendant la nuit du 13 au 14 mars, le *Nautilus* reprit sa direction vers le sud. Je pensai qu'à la hauteur du cap Horn il mettrait le cap à l'ouest afin de rallier les mers du Pacifique et d'achever son tour du monde. Il n'en fit rien et continua de remonter vers les régions australes. Où voulait-il donc aller ? Au pôle ? C'était insensé.

LA BANQUISE

Le *Nautilus* avait repris son imperturbable direction vers le sud. Le 14 mars, j'aperçus des glaces flottantes par 55° de latitude. Bientôt apparurent des blocs plus considérables.

Le 16 mars, vers huit heures du matin, le *Nautilus* coupa le cercle polaire antarctique. Les glaces nous entouraient de toutes parts et fermaient l'horizon.

Dans la journée du 16 mars, les champs de glace nous barrèrent absolument la route. Ce n'était pas encore la banquise, mais de vastes ice-fields cimentés par le froid. Cet obstacle ne pouvait arrêter le capitaine Nemo, et il se lança contre l'ice-field avec une effroyable violence. Le *Nautilus* entrait comme un coin dans cette masse friable et la divisait avec des craquements terribles. Enfin, le 18 mars, après vingt assauts inutiles, le *Nautilus* se vit définitivement enrayé. Ce n'étaient plus les ice-fields, mais une interminable et immobile barrière formée de montagnes soudées entre elles.

– La banquise ! me dit le Canadien.

Je compris que, pour Ned Land comme pour tous les navigateurs qui nous avaient précédés, c'était l'infranchissable obstacle.

J'étais en ce moment sur la plate-forme. Le capitaine, qui observait la situation depuis quelques instants, me dit :

– Eh bien, monsieur le professeur, qu'en pensez-vous ?

– Je pense que nous sommes pris, capitaine. Nous ne pouvons aller ni en avant, ni en arrière, ni d'aucun côté.

– Ainsi, monsieur Aronnax, vous pensez que le *Nautilus* ne pourra pas se dégager ? Moi, je vous affirme que non seulement le *Nautilus* se dégagera, mais qu'il ira plus loin encore !

– Plus loin au sud ? demandai-je.

– Oui, monsieur, il ira au pôle.

Il me vint alors à l'idée de demander au capitaine Nemo s'il avait déjà découvert ce pôle que n'avait jamais foulé le pied d'une créature humaine.

– Non, monsieur, me répondit-il, et nous le découvrirons ensemble. Là où d'autres ont échoué, je n'échouerai pas. Jamais je n'ai promené mon *Nautilus* aussi loin sur les mers australes, mais il ira plus loin encore.

– Je veux vous croire, capitaine, repris-je d'un ton un peu ironique. Je vous crois ! Allons en avant ! Brisons cette banquise ! Et, si elle résiste, donnons des ailes au *Nautilus*, afin qu'il puisse passer par-dessus !

– Par-dessus, monsieur le professeur ? répondit tranquillement le capitaine Nemo. Non point par-dessus, mais par-dessous. Pour un pied que les icebergs ont au-dessus de la mer, ils en ont trois au-dessous. Or, puisque ces montagnes de glace ne dépassent pas une hauteur de cent mètres, elles ne s'enfoncent que de trois cents. Or, qu'est-ce que trois cents mètres pour le *Nautilus* ?

– Juste, monsieur, très juste, répondis-je en m'animant. Pourquoi ne rencontrerait-on pas la mer libre au pôle sud comme au pôle nord ? Les pôles du froid et les pôles de la terre ne se confondent ni dans l'hémisphère austral ni dans l'hémisphère boréal, et jusqu'à preuve du contraire, on doit supposer ou un continent ou un océan dégagé de glaces à ces deux points du globe.

– Je le crois aussi, monsieur Aronnax.

Cependant les préparatifs de cette audacieuse tentative venaient de commencer. Le *Nautilus* ne tarda pas à descendre.

À trois cents mètres environ, ainsi que l'avait prévu le capitaine Nemo, nous flottions sous la surface ondulée de la banquise. Mais le *Nautilus* s'immergea plus bas encore. Il atteignit une profondeur de huit cents mètres.

Sous cette mer libre, le *Nautilus* avait pris directement le chemin du pôle. Il prit une vitesse moyenne de vingt-six milles à l'heure, la vitesse d'un train express.

Le lendemain 19 mars, la vitesse du *Nautilus* avait été modérée. Il remontait vers la surface, mais prudemment, en vidant lentement ses réservoirs.

Mon cœur battait. Allions-nous émerger et retrouver l'atmosphère libre du pôle ?

Non. Un choc m'apprit que le *Nautilus* avait heurté la surface inférieure de la banquise, très épaisse encore, à en juger par la matité du bruit. En effet, nous avions « touché » pour employer l'expression marine, mais en sens inverse et par mille pieds de profondeur. Ce qui donnait deux mille pieds de glaces au-dessus de nous, dont mille émergeaient. La banquise présentait alors une hauteur supérieure à celle que nous avions relevée sur ses bords. Circonstance peu rassurante.

Pendant cette journée, le *Nautilus* recommença plusieurs fois cette même expérience, et toujours il vint se heurter contre la muraille qui plafonnait au-dessus de lui.

Le soir, aucun changement n'était survenu dans notre situation.

Mon sommeil fut pénible pendant cette nuit. Espoir et crainte m'assiégeaient tour à tour. Vers trois heures du matin, j'observai que la surface inférieure de la banquise se rencontrait seulement par cinquante mètres de profondeur. La banquise redevenait peu à peu ice-field.

Mes yeux ne quittaient plus le manomètre. Nous remontions toujours. La banquise s'amincissait de mille en mille.

Enfin, à six heures du matin, ce jour mémorable du 19 mars, la porte du salon s'ouvrit. Le capitaine Nemo parut.

– La mer libre ! me dit-il.

LE PÔLE SUD

Je me précipitai vers la plate-forme. Oui ! la mer libre. À peine quelques glaçons épars ; un monde d'oiseaux dans les airs, et des myriades de poissons sous ces eaux qui, suivant les fonds, variaient du bleu intense au vert olive.

– Sommes-nous au pôle ? demandai-je au capitaine, le cœur palpitant.

– Je l'ignore, me répondit-il. À midi nous ferons le point.

– Mais le soleil se montrera-t-il à travers ces brumes ? dis-je en regardant le ciel grisâtre.

– Si peu qu'il paraisse, il me suffira, répondit le capitaine.

À dix mille du *Nautilus*, vers le sud, un îlot solitaire s'élevait à une hauteur de deux cents mètres. Nous marchions vers lui.

Une heure après, nous l'avions atteint.

– Monsieur, dis-je au capitaine Nemo, à vous l'honneur de mettre pied le premier sur cette terre.

– Oui, monsieur, répondit le capitaine, et si je n'hésite pas à fouler ce sol du pôle, c'est que, jusqu'ici, aucun être humain n'y a laissé la trace de ses pas.

Cela dit, il sauta légèrement sur le sable. Il gravit un roc qui terminait en surplomb un petit promontoire, et là, les bras croisés, le regard ardent, immobile, muet, il sembla prendre possession de ces régions australes.

Cependant, la brume ne se levait pas, et, à onze heures, le soleil n'avait point encore paru. Son absence ne laissait pas de m'inquiéter. Sans lui, pas d'observations possibles. Comment déterminer alors si nous avions atteint le pôle ?

Midi arriva sans que l'astre du jour se fût montré un seul instant.

Le lendemain, le thermomètre marquait deux degrés au-dessous de zéro.

Midi arriva et, ainsi que la veille, le soleil ne se montra pas.

C'était une fatalité. L'observation manquait encore. Si demain elle ne s'accomplissait pas, il faudrait renoncer définitivement à relever notre situation.

En effet, nous étions précisément au 20 mars. Demain, 21, jour de l'équinoxe, le soleil disparaîtrait sous l'horizon pour six mois, et avec sa disparition commencerait la longue nuit polaire.

Le lendemain, dès cinq heures du matin, je montai sur la plate-forme. J'y trouvai le capitaine Nemo.

Le ciel s'éclaircissait. Les nuages fuyaient dans le sud.

À midi moins le quart, le soleil, vu alors par réfraction seulement, se montra comme un disque d'or et dispersa ses derniers rayons sur ce continent abandonné.

Le capitaine Nemo, muni d'une lunette à réticules qui, au moyen d'un miroir, corrigeait la réfraction, observa l'astre. Je tenais le chronomètre. Mon cœur battait fort. Si la disparition du demi-disque du soleil coïncidait avec le midi du chronomètre, nous étions au pôle même.

– Midi ! m'écriai-je.

– Le pôle sud ! répondit le capitaine Nemo d'une voix grave, en me donnant la lunette qui montrait l'astre du jour précisément coupé en deux portions égales par l'horizon.

En ce moment, le capitaine Nemo, appuyant sa main sur mon épaule, me dit :

– Moi, capitaine Nemo, ce 21 mars 1868, j'ai atteint le pôle sud sur le quatre-vingt-dixième degré, et je prends possession de cette partie du globe égale au sixième des continents reconnus.

– Au nom de qui, capitaine ?

– Au mien, monsieur !

ACCIDENT OU INCIDENT ?

Le lendemain, 22 mars, à six heures du matin, les préparatifs de départ furent commencés.

Le thermomètre marquait douze degrés au-dessous de zéro. Les glaçons se multipliaient sur l'eau libre. La mer tendait à se prendre partout.

Cependant les réservoirs d'eau s'étaient remplis, et le *Nautilus* descendait lentement. À une profondeur de mille pieds, son hélice battit les flots, et il s'avança droit au nord. Vers le soir, il flottait déjà sous l'immense carapace glacée de la banquise.

À trois heures du matin, je fus réveillé par un choc violent.

Le *Nautilus* donnait une bande considérable après avoir touché.

Je m'accotai aux parois et je me traînai par les coursives jusqu'au salon qu'éclairait le plafond lumineux. Les meubles étaient renversés. Le *Nautilus* était couché sur tribord, et, de plus, complètement immobile.

Le capitaine Nemo entra. Sa physionomie, habituellement si impassible, révélait une certaine inquiétude.

– Un incident, capitaine ?

– Non, monsieur, répondit-il, un accident.

– Grave ?

– Peut-être. Un énorme bloc de glace, une montagne entière s'est retournée. Lorsque les icebergs sont minés à leur base par des eaux plus chaudes ou par des chocs réitérés, leur centre de gravité remonte. Alors ils se retournent en grand, ils culbutent. c'est ce qui est arrivé. L'un de ces blocs, en se renversant, a heurté le *Nautilus* qui flottait sous les eaux. Puis, glissant sous sa coque et le relevant avec une irrésistible force, il l'a ramené dans des couches moins denses, où il se trouve couché sur le flanc.

Soudain un léger mouvement se fit sentir dans la coque. Le *Nautilus* se redressait. Les objets suspendus dans le salon reprenaient sensiblement leur position normale. Les parois se rapprochaient de la verticalité. Le plancher redevenait horizontal sous nos pieds.

– Enfin, nous sommes droits! m'écriai-je.

Le capitaine sortit, et je vis bientôt que, par ses ordres, on avait arrêté la marche ascensionnelle du *Nautilus*. En effet, il aurait bientôt heurté la partie inférieure de la banquise, et mieux valait le maintenir entre deux eaux.

À une distance de dix mètres, sur chaque côté du *Nautilus*, s'élevait une éblouissante muraille de glace. Au-dessus et au-dessous, même muraille.

Au-dessus, parce que la surface inférieure de la banquise se développait comme un plafond immense. Au-dessous, parce que le bloc culbuté, ayant glissé peu à peu, avait trouvé sur les murailles latérales deux points d'appui qui le maintenaient dans cette position. Le *Nautilus* était emprisonné dans un véritable tunnel de glace, d'une largeur de vingt mètres environ, rempli d'une eau tranquille. Il lui était donc facile d'en sortir en marchant soit en avant soit en arrière, et de reprendre ensuite, à quelques centaines de mètres plus bas, un libre passage sous la banquise.

En ce moment, un choc se produisit à l'avant du *Nautilus*. Je compris que son éperon venait de heurter un bloc de glace. Contre mon attente, le *Nautilus* prit un mouvement rétrograde très prononcé.

– Nous revenons en arrière ? dit Conseil.

– Oui, répondis-je. Il faut que, de ce côté, le tunnel soit sans issue.

Quelques heures s'écoulèrent. Un second choc eut lieu, à l'arrière, cette fois. Je pâlis. Mes compagnons s'étaient rapprochés de moi.

En ce moment, le capitaine entra dans le salon. J'allai à lui.

– La route est barrée au sud ? lui demandai-je.

– Oui, monsieur. L'iceberg en se retournant a fermé toute issue.

– Nous sommes bloqués ?

– Oui.

FAUTE D'AIR

Ainsi, nous étions prisonniers de la banquise !

Le capitaine prit la parole :

– Messieurs, dit-il d'une voix calme, il y a deux manières de mourir dans les conditions où nous sommes. La première, c'est de mourir écrasés. La seconde, c'est de mourir asphyxiés. Dans quarante-huit heures notre réserve d'air sera épuisée.

– Eh bien, capitaine, soyons délivrés avant quarante-huit heures !

– Nous le tenterons, du moins, en perçant la muraille qui nous entoure. Je vais échouer le *Nautilus* sur le banc inférieur, et mes hommes, revêtus de scaphandres, attaqueront l'iceberg par sa paroi la moins épaisse.

Le capitaine Nemo sortit.

– Mes amis, dis-je, la situation est grave, mais je compte sur votre courage et sur votre énergie.

– Monsieur, me répondit le Canadien, habile à manier le pic comme le harpon, si je puis être utile au capitaine, il peut disposer de moi.

– Il ne refusera pas votre aide. Venez, Ned.

Je fis part au capitaine de la proposition de Ned, qui fut acceptée. Le Canadien endossa son costume de mer et fut aussitôt prêt que ses compagnons de travail. Quelques instants après, nous voyions une douzaine d'hommes de l'équipage prendre pied sur le banc de glace, et parmi eux Ned Land, reconnaissable à sa haute taille. Le capitaine Nemo était avec eux.

Avant de procéder au creusement des murailles, il fit pratiquer des sondages qui devaient assurer la bonne direction des travaux. À la surface inférieure, dix mètres de paroi nous séparaient de l'eau. Dès lors, il s'agissait d'en découper un morceau égal en superficie à la ligne de flottaison du *Nautilus*. C'était environ six mille cinq cents mètres cubes à détacher, afin de creuser un trou par lequel nous descendrions au-dessous du champ de glace.

Le travail fut immédiatement commencé et conduit avec une infatigable opiniâtreté. Au lieu de creuser autour du *Nautilus*, ce qui eût entraîné de plus grandes difficultés, le capitaine Nemo fit dessiner l'immense fosse à huit mètres de sa hanche de bâbord. Bientôt, le pic attaqua vigoureusement cette matière compacte, et de gros blocs furent détachés de la masse. Par un curieux effet de pesanteur spécifique, ces blocs, moins lourds que l'eau, s'envolaient pour ainsi dire à la voûte du tunnel, qui s'épaississait par le haut de ce dont il diminuait par le bas. Après deux heures d'un travail énergique, Ned Land rentra épuisé. Ses compagnons et lui furent remplacés par de nouveaux travailleurs auxquels nous nous joignîmes, Conseil et moi.

Quand je rentrai, après deux heures de travail, je trouvai l'atmosphère du *Nautilus* déjà chargée d'acide carbonique. L'air n'avait pas été renouvelé depuis quarante-huit heures. En un laps de douze heures, nous n'avions enlevé qu'une tranche de glace épaisse d'un mètre sur la superficie dessinée, soit environ six cents mètres cubes. En admettant que le même travail fût accompli par douze heures, il fallait encore cinq nuits et quatre jours pour mener à bonne fin cette entreprise.

La situation paraissait terrible.

Pendant la nuit, une nouvelle tranche d'un mètre fut enlevée à l'immense alvéole.

Le matin, pendant plusieurs heures, je maniai le pic avec opiniâtreté. Ce travail me soutenait. D'ailleurs, travailler, c'était quitter le *Nautilus*, c'était respirer directement cet air pur emprunté aux réservoirs et fourni par les appareils, c'était abandonner une atmosphère appauvrie et viciée.

Vers le soir, la fosse s'était encore creusée d'un mètre. Quand je rentrai à bord, je faillis être asphyxié par l'acide carbonique dont l'air était saturé.

Ce soir-là, le capitaine Nemo dut ouvrir les robinets de ses réservoirs et lancer quelques colonnes d'air pur à l'intérieur du *Nautilus*. Sans cette précaution, nous ne nous serions pas réveillés.

Le lendemain, 26 mars, je repris mon travail de mineur en entamant le cinquième mètre.

Le 27, six mètres de glace avaient été arrachés de l'alvéole. Quatre mètres seulement restaient à enlever.

Une lourdeur intolérable m'accabla. Vers trois heures du soir, ce sentiment d'angoisse fut porté en moi à un degré violent. Mes poumons haletaient. Une torpeur morale s'empara de moi.

Si notre situation, à tous, était intolérable à l'intérieur, avec quelle hâte nous revêtions nos scaphandres pour travailler à notre tour!

Et cependant, personne ne prolongeait au-delà du temps voulu son travail sous les eaux. Sa tâche accomplie, chacun remettait à ses compagnons haletants le réservoir qui devait lui verser la vie. Le capitaine Nemo donnait l'exemple et se soumettait le premier à cette sévère discipline.

Ce jour-là, le travail habituel fut accompli avec plus de vigueur encore. Deux mètres seulement nous séparaient de la mer libre. Mais les réservoirs étaient presque vides d'air. Le peu qui restait devait être conservé aux travailleurs.

Lorsque je rentrai à bord, je fus à demi suffoqué. Quelle nuit ! Je ne saurais la peindre. De telles souffrances ne peuvent être décrites. Aux douleurs de tête se mêlaient d'étourdissants vertiges qui faisaient de moi un homme ivre. Mes compagnons éprouvaient les mêmes symptômes. Quelques hommes de l'équipage râlaient.

Ce jour-là, le sixième de notre emprisonnement, le capitaine Nemo résolut d'écraser la couche de glace qui nous séparait encore de la nappe liquide. Cet homme avait conservé son sang-froid et son énergie. Il domptait par sa force morale les douleurs physiques. Il pensait, il combinait, il agissait.

D'après son ordre, le bâtiment fut soulevé de la couche glacée par un changement de pesanteur spécifique. Lorsqu'il flotta, on le hâla de manière à l'amener au-dessus de l'immense fosse dessinée suivant sa ligne de flottaison. Puis, ses réservoirs d'eau s'emplissant, il descendit et s'emboîta dans l'alvéole.

En ce moment, tout l'équipage rentra à bord.

Les robinets des réservoirs furent alors ouverts en grand, et cent mètres cubes d'eau s'y précipitèrent, accroissant de cent mille kilogrammes le poids du *Nautilus*.

Nous attendions, nous écoutions, oubliant nos souffrances, espérant encore.

Malgré les bourdonnements qui emplissaient ma tête, j'entendis bientôt des frémissements sous la coque du *Nautilus*. Un dénivellement se produisit. La glace craqua avec un fracas singulier, pareil à celui du papier qui se déchire, et le *Nautilus* s'abaissa.

– Nous passons ! murmura Conseil à mon oreille.

Je ne pus lui répondre. Je saisis sa main. Je la pressai dans une convulsion involontaire.

Tout à coup, emporté par son effroyable surcharge, le *Nautilus* s'enfonça comme un boulet sous les eaux, c'est-à-dire qu'il tomba comme il eût fait dans le vide !

Alors toute la force électrique fut mise sur les pompes qui aussitôt commencèrent à chasser l'eau des réservoirs. Après quelques minutes, notre chute fut enrayée. Bientôt le manomètre indiqua un mouvement ascensionnel. L'hélice, marchant à toute vitesse, fit tressaillir la coque de tôle jusque dans ses boulons et nous entraîna vers le nord.

Mais que devait durer cette navigation sous la banquise jusqu'à la mer libre ? Un jour encore ? Je serais mort avant !

À demi étendu sur un divan de la bibliothèque, je suffoquais. Ma face était violette, mes lèvres bleues, mes facultés suspendues. Je ne voyais plus, je n'entendais plus.

Les heures qui s'écoulèrent ainsi, je ne saurais les évaluer. Mais j'eus la conscience de mon agonie qui commençait. Je compris que j'allais mourir…

Soudain je revins à moi. Quelques bouffées d'air pénétraient dans mes poumons. Étions-nous remontés à la surface des flots ? Avions-nous franchi la banquise ?

Non ! C'étaient Ned et Conseil, mes deux braves amis, qui se sacrifiaient pour me sauver. Quelques atomes d'air restaient encore au fond d'un appareil. Au lieu de le respirer, ils l'avaient conservé pour moi, et, tandis qu'ils suffoquaient, ils me versaient la vie goutte à goutte.

Mes regards se portèrent vers l'horloge. Il était onze heures du matin. Nous devions être au 28 mars. Le *Nautilus* marchait avec une vitesse effrayante de quarante milles à l'heure.

Le manomètre indiqua que nous n'étions plus qu'à vingt pieds de la surface. Un simple champ de glace nous séparait de l'atmosphère. Ne pouvait-on le briser ?

Peut-être ! En tout cas, le *Nautilus* allait le tenter. Poussé par sa puissante hélice, il attaqua l'ice-field par en dessous comme un formidable bélier. Il le crevait peu à peu, se retirait, donnait à toute vitesse contre le champ qui se déchirait, et, enfin, emporté par un élan suprême, il s'élança sur la surface glacée qu'il écrasa de son poids.

Le panneau fut ouvert, on pourrait dire arraché, et l'air pur s'introduisit à flots dans toutes les parties du *Nautilus*.

Les forces nous revinrent promptement.

Le *Nautilus* marchait rapidement. Le cercle polaire fut bientôt franchi, et le cap mis sur le promontoire de Horn. Nous étions par le travers de la pointe américaine, le 31 mars, à sept heures du soir.

Il devint évident, à ma grande satisfaction, que nous revenions au nord par la route de l'Atlantique. Le *Nautilus* se trouva, le 4 avril, par le travers de l'Uruguay. Nous avions fait alors seize mille lieues depuis notre embarquement dans les mers du Japon.

Le capitaine Nemo marchait avec une vitesse vertigineuse.

LES POULPES

Le 16 avril, nous eûmes connaissance de la Martinique et de la Guadeloupe, à une distance de trente milles environ. J'aperçus un instant leurs pitons élevés.

Le 20 avril, nous étions remontés à une hauteur moyenne de quinze cents mètres. La terre la plus rapprochée était alors l'archipel des îles Lucayes, disséminées comme un tas de pavés à la surface des eaux. Là s'élevaient de hautes falaises sous-marines tapissées de grandes herbes, de laminaires géantes, de fucus gigantesques, un véritable espalier d'hydrophytes dignes d'un monde de Titans.

– Eh bien, dis-je, ce sont là de véritables cavernes à poulpes, et je ne serais pas étonné d'y voir quelques-uns de ces monstres.

– Quoi ! fit Conseil, des calmars, de simples calmars, de la classe des céphalopodes ?

– Non, dis-je, des poulpes de grande dimension.

– Je voudrais contempler face à face l'un de ces poulpes dont j'ai tant entendu parler et qui peuvent entraîner des navires dans le fond des abîmes.

– Jamais on ne me fera croire, dit Ned Land, que de tels animaux existent.

– On ne peut nier, dis-je, qu'il existe des poulpes et des calmars de très grande espèce. Les musées de Trieste et de Montpellier conservent des squelettes de poulpes qui mesurent deux mètres. D'ailleurs, suivant le calcul des naturalistes, un de ces animaux, longs de six pieds seulement, aurait des tentacules longs de vingt-sept. Ce qui suffit pour en faire un monstre formidable. En 1861, dans le nord-est de Ténériffe, à peu près par la latitude où nous sommes en ce moment, l'équipage de l'aviso l'*Alecton* aperçut un monstrueux calmar...

– Quelle était sa longueur ? demanda le Canadien.

– Ne mesurait-il pas six mètres environ ? dit Conseil, qui, posté à la vitre, examinait les anfractuosités de la falaise.

– Précisément, répondis-je.

– Sa tête, reprit Conseil, n'était-elle pas couronnée de huit tentacules, qui s'agitaient comme une nichée de serpents ?

– Précisément.

– Ses yeux, placés à fleur de tête, n'avaient-ils pas un développement considérable ?

– Oui, Conseil.

– Et sa bouche, n'était-ce pas un véritable bec de perroquet, mais un bec formidable ?

– En effet, Conseil.

– Eh bien ! n'en déplaise à Monsieur, répondit tranquillement Conseil, voici un de ses frères.

Je regardai Conseil. Ned Land se précipita vers la vitre.

– L'épouvantable bête ! s'écria-t-il.

Je regardai à mon tour, et je ne pus réprimer un mouvement de répulsion. Devant mes yeux s'agitait un monstre horrible, digne de figurer dans les légendes tératologiques.

C'était un calmar de dimensions colossales, ayant huit mètres de longueur. Il regardait de ses énormes yeux fixes à teintes glauques. Ses huit bras, ou plutôt ses huit pieds, implantés sur sa tête, qui ont valu à ces animaux le nom de céphalopodes, se tordaient comme la chevelure des furies. On voyait distinctement les deux cent cinquante ventouses disposées sur la face interne des tentacules. Parfois ces ventouses s'appliquaient sur la vitre du salon en y faisant le vide. La bouche de ce monstre – un bec de corne fait comme le bec d'un perroquet – s'ouvrait et se refermait verticalement. Sa langue, armée elle-même de plusieurs rangées de dents aiguës, sortait en frémissant de cette véritable cisaille. Son corps, fusiforme et renflé dans sa partie moyenne, formait une masse charnue qui devait peser vingt à vingt-cinq mille kilogrammes.

D'autres poulpes apparaissaient à la vitre de tribord. J'en comptai sept. Ils faisaient cortège au *Nautilus*, et j'entendais les grincements de leur bec sur la coque de tôle.

Tout à coup le *Nautilus* s'arrêta. Un choc le fit tressaillir dans toute sa membrure.

Le capitaine Nemo, suivi de son second, entra dans le salon. Sans nous parler, il alla au panneau, regarda les poulpes et dit quelques mots à son second.

Celui-ci sortit. Bientôt les panneaux se refermèrent. Le plafond s'illumina.

J'allai vers le capitaine.

– Une curieuse collection de poulpes, lui dis-je.

– En effet, monsieur le naturaliste, et nous allons les combattre corps à corps.

– Corps à corps ? répétai-je.

– Oui, monsieur. L'hélice est arrêtée. Je pense que les mandibules cornées de l'un de ces calmars se sont engagées dans les branches. Ce qui nous empêche de marcher.

– Et qu'allez-vous faire ?

– Remonter à la surface et massacrer toute cette vermine. Les balles électriques sont impuissantes contre ces chairs molles. Nous les attaquerons à la hache.

– Et au harpon, monsieur, dit le Canadien, si vous ne refusez pas mon aide.

– Je l'accepte, maître Land.

– Nous vous accompagnerons, dis-je.

Et, suivant le capitaine Nemo, nous nous dirigeâmes vers l'escalier central.

Là, une dizaine d'hommes armés de haches d'abordage se tenaient prêts à l'attaque. Conseil et moi, nous prîmes deux haches. Ned Land saisit un harpon.

Le *Nautilus* était alors revenu à la surface des flots. Un des marins, placé sur les derniers échelons, dévissait les boulons du panneau. Mais les écrous étaient à peine dégagés, que le panneau se releva avec une violence extrême, évidemment tiré par la ventouse d'un bras de poulpe.

Aussitôt un de ces longs bras se glissa comme un serpent par l'ouverture, et vingt autres s'agitèrent au-dessus. D'un coup de hache, le capitaine Nemo coupa ce formidable tentacule, qui glissa sur les échelons en se tordant.

Au moment où nous nous pressions les uns sur les autres pour atteindre la plate-forme, deux autres bras, cinglant l'air, s'abattirent sur le marin placé devant le capitaine et l'enlevèrent avec une violence irrésistible.

Le capitaine Nemo poussa un cri et s'élança au-dehors. Nous nous étions précipités à sa suite.

Quelle scène ! Le malheureux, saisi par le tentacule et collé à ses ventouses, était balancé dans l'air au caprice de cette énorme trompe. Il râlait, il étouffait, il criait : « À moi ! à moi ! » Ces mots, *prononcés en français*, me causèrent une profonde stupeur. J'avais donc un compatriote à bord, plusieurs peut-être ! Cet appel déchirant, je l'entendrai toute ma vie !

Cependant le capitaine Nemo s'était précipité sur le poulpe, et, d'un coup de hache, il lui avait encore abattu un bras. Son second luttait avec rage contre d'autres monstres qui rampaient sur les flancs du *Nautilus*. L'équipage se battait à coups de hache. Le Canadien, Conseil et moi, nous enfoncions nos armes dans ces masses charnues. Une violente odeur de musc pénétrait l'atmosphère. C'était horrible.

Un instant, je crus que le malheureux, enlacé par le poulpe, serait arraché à sa puissante succion. Sept bras sur huit avaient été coupés. Un seul, brandissant la victime comme une plume, se tordait dans l'air. Mais au moment où le capitaine Nemo et son second se précipitaient sur lui, l'animal lança une colonne d'un liquide noirâtre. Nous en fûmes aveuglés. Quand ce nuage se fut dissipé, le calmar avait disparu, et avec lui mon infortuné compatriote !

Quelle rage nous poussa alors contre ces monstres ! On ne se possédait plus. Dix ou douze poulpes avaient envahi la plate-forme et les flancs du *Nautilus*. Nous roulions pêle-mêle au milieu de ces tronçons de serpents qui tressautaient sur la plate-forme dans des flots de sang et d'encre noire. Le harpon de Ned Land, à chaque coup, se plongeait dans les yeux glauques des calmars et les crevait. Mais mon audacieux compagnon fut soudain renversé par les tentacules d'un monstre qu'il n'avait pu éviter.

Ah! Comment mon cœur ne s'est-il pas brisé d'émotion et d'horreur? Le formidable bec du calmar s'était ouvert sur Ned Land. Ce malheureux allait être coupé en deux. Je me précipitai, à son secours. Mais le capitaine Nemo m'avait devancé. Sa hache disparut entre les deux énormes mandibules, et, miraculeusement sauvé, le Canadien, se relevant, plongea son harpon tout entier jusqu'au triple cœur du poulpe.

– Je me devais cette revanche! dit le capitaine Nemo au Canadien.

Ned s'inclina sans lui répondre.

Ce combat avait duré un quart d'heure. Les monstres vaincus, mutilés, frappés à mort, nous laissèrent enfin la place et disparurent sous les flots.

Le capitaine Nemo, rouge de sang, immobile près du fanal, regardait la mer qui avait englouti l'un de ses compagnons, et de grosses larmes coulaient de ses yeux.

Le capitaine Nemo rentra dans sa chambre, et je ne le vis plus pendant quelque temps.

Le *Nautilus* naviguait au hasard. Il ne pouvait s'arracher du théâtre de sa dernière lutte, de cette mer qui avait dévoré l'un des siens!

Dix jours se passèrent ainsi. Ce fut le 1er mai seulement que le *Nautilus* reprit franchement sa route au nord.

Le 8 mai, nous étions en travers du cap Hatteras, à la hauteur de la Caroline du Nord. Toute surveillance semblait bannie du bord. Dans ces conditions, une évasion pouvait réussir. Mais le temps était fort mauvais. Affronter une mer souvent démontée sur un frêle canot, c'était courir à une perte certaine. Ned Land en convenait lui-même. Aussi rongeait-il son frein.

PAR 47° 24' DE LATITUDE ET 17° 28' DE LONGITUDE

Le 15 mai, nous étions sur l'extrémité méridionale du banc de Terre-Neuve.

Le *Nautilus*, au lieu de continuer à marcher au nord, prit direction vers l'est.

Le 28 mai, le *Nautilus* n'était plus qu'à cent cinquante kilomètres de l'Irlande.

Le capitaine Nemo allait-il remonter pour atterrir sur les îles Britanniques ? Non. À ma grande surprise, il redescendit au sud et revint vers les mers européennes.

Le 30 mai, le *Nautilus* passait en vue du Land's End, entre la pointe extrême de l'Angleterre et les Sorlingues, qu'il laissa sur tribord.

Pendant toute la journée du 31 mai, le *Nautilus* décrivit sur la mer une série de cercles qui m'intriguèrent vivement. Il semblait chercher un endroit qu'il avait peine à trouver.

Le lendemain, le *Nautilus* conserva les mêmes allures. Il était évident qu'il cherchait à reconnaître un point précis de l'Océan. La mer était belle, le ciel pur. À huit milles dans l'est, un grand navire à vapeur se dessinait sur la ligne d'horizon. Aucun pavillon ne battait à sa corne, et je ne pus reconnaître sa nationalité.

Le capitaine Nemo prit son sextant et observa avec une précision extrême.

J'étais en ce moment sur la plate-forme. Lorsque son relèvement fut terminé, le capitaine prononça ces seuls mots :

– C'est ici !

Il redescendit par le panneau. Avait-il vu le bâtiment qui modifiait sa marche et semblait se rapprocher de nous ? Je ne saurais le dire.

Je revins au salon. Le *Nautilus* commença de s'enfoncer suivant une ligne verticale.

Quelques minutes plus tard, il s'arrêtait à une profondeur de huit cent trente-trois mètres et reposait sur le sol.

Le plafond lumineux du salon s'éteignit alors, les panneaux s'ouvrirent, et à travers les vitres j'aperçus la mer vivement illuminée par les rayons du fanal.

Par tribord, je crus reconnaître les formes épaissies d'un navire, rasé de ses mâts, qui devait avoir coulé par l'avant.

Quel était ce navire ? Pourquoi le *Nautilus* venait-il visiter sa tombe ?

Je ne savais que penser, quand, près de moi, j'entendis le capitaine Nemo dire d'une voix lente :

– Autrefois ce navire se nommait le *Marseillais*. Il portait soixante-quatorze canons et fut lancé en 1762. En 1778, le 13 août, il se battait audacieusement contre le *Preston*. En 1779, le 4 juillet, il assistait avec l'escadre de l'amiral d'Estaing à la prise de Grenade. En 1781, le 5 septembre, il prenait part au combat du comte de Grasse dans la baie de la Chesapeak. En

1794, la République française lui changeait son nom. Le 16 avril de la même année, il rejoignait à Brest l'escadre de Villaret-Joyeuse. Le 11 et le 12 prairial an II, cette escadre se rencontrait avec les vaisseaux anglais. Monsieur, c'est aujourd'hui le 13 prairial, le 1er juin 1868. Il y a soixante-quatorze ans, jour pour jour, à cette place même, par 47° 24' de latitude et 17° 28' de longitude, ce navire, après un combat héroïque, démâté de ses trois mâts, l'eau dans ses soutes, le tiers de son équipage hors de combat, aima mieux s'engloutir avec ses trois cent cinquante-six marins que de se rendre, et, clouant son pavillon à sa poupe, il disparut sous les flots au cri de « Vive la République ! »

– Le *Vengeur* ! m'écriai-je.

– Oui ! monsieur. Le *Vengeur* ! Un beau nom ! murmura le capitaine Nemo en se croisant les bras.

UNE HÉCATOMBE

Cette façon de dire, l'imprévu de cette scène, l'émotion avec laquelle l'étrange personnage avait prononcé ses dernières paroles, ce nom de *Vengeur*, tout se réunissait pour frapper profondément mon esprit. Ce n'était pas une misanthropie commune qui avait enfermé dans les flancs du *Nautilus* le capitaine Nemo et ses compagnons, mais une haine monstrueuse ou sublime que le temps ne pouvait affaiblir.

Cette haine cherchait-elle encore des vengeances ? L'avenir devait bientôt me l'apprendre.

Cependant le *Nautilus* remontait lentement vers la surface de la mer. Bientôt un léger roulis m'indiqua que nous flottions à l'air libre.

En ce moment, une sourde détonation se fit entendre. Le capitaine ne bougea pas.

– Capitaine ? dis-je.

Il ne répondit pas.

Je le quittai et montai sur la plate-forme. Conseil et le Canadien m'y avaient précédé.

– D'où vient cette détonation ? demandai-je.

Je regardai dans la direction du navire que j'avais aperçu. Il s'était rapproché du *Nautilus* et l'on voyait qu'il forçait de vapeur.

– Un coup de canon, répondit Ned Land.

– Quel est ce bâtiment, Ned ?

Bientôt le Canadien m'annonça que ce bâtiment était un grand vaisseau de guerre, à éperon, un deux-ponts cuirassé. Une épaisse fumée noire s'échappait de ses deux cheminées.

Une vapeur blanche jaillit à l'avant du vaisseau de guerre. Puis, quelques secondes plus tard, les eaux, troublées par la chute d'un corps pesant, éclaboussèrent l'arrière du *Nautilus*. Peu après, une détonation frappait mon oreille.

– Comment ? Ils tirent sur nous ! m'écriai-je.

– N'en déplaise à Monsieur, fit Conseil, ils ont reconnu le narval, et ils canonnent le narval.

– Mais ils doivent bien voir qu'ils ont affaire à des hommes !

– C'est peut-être pour cela ! répondit Ned Land en me regardant.

Toute une révélation se fit dans mon esprit. Sans doute, on savait à quoi s'en tenir maintenant sur l'existence du prétendu monstre. Sans doute, le commandant Farragut, dans son abordage avec l'*Abraham-Lincoln*, avait reconnu que le narval était un bateau sous-marin, plus dangereux qu'un cétacé naturel.

Oui, et sur toutes les mers, sans doute, on poursuivait maintenant ce terrible engin de destruction !

Au lieu de rencontrer des amis sur ce navire qui s'approchait, nous n'y pouvions trouver que des ennemis sans pitié.

Cependant les boulets se multipliaient autour de nous.

Ned Land prit son mouchoir pour l'agiter en l'air. Mais il l'avait à peine déployé, que, terrassé par une main de fer malgré sa force prodigieuse, il tombait sur le pont.

– Misérable ! s'écria le capitaine Nemo, veux-tu donc que je te cloue sur l'éperon du *Nautilus* avant qu'il ne se précipite contre ce navire !

Le capitaine Nemo, terrible à entendre, était plus terrible encore à voir. Sa face avait pâli. Ses pupilles s'étaient contractées effroyablement. Sa voix ne parlait plus, elle rugissait.

– Monsieur, m'écriai-je, allez-vous donc attaquer ce navire ?

– Monsieur, je vais le couler. La fatalité vous montre ce que vous ne deviez pas voir. L'attaque est venue. La riposte sera terrible. Rentrez.

Le Canadien, Conseil et moi, nous ne pouvions qu'obéir. Une quinzaine de marins du *Nautilus* entouraient le capitaine et regardaient avec un implacable sentiment de haine ce navire qui s'avançait vers eux. On sentait que le même souffle de vengeance animait toutes ces âmes.

Je descendis et j'entendis le capitaine s'écrier :

– Navire insensé, ce n'est pas à cette place que tu dois périr ! Je ne veux pas que tes ruines aillent se confondre avec les ruines du *Vengeur* !

Je regagnai ma chambre. L'hélice fut mise en mouvement. Le *Nautilus*, s'éloignant avec vitesse, se mit hors de la portée des boulets du vaisseau. Mais la poursuite continua, et le capitaine Nemo se contenta de maintenir sa distance.

Vers quatre heures du soir, je me hasardai sur la plate-forme. Le capitaine s'y promenait encore d'un pas agité. Il regardait le navire qui lui restait sous le vent à cinq ou six milles. Il tournait autour de lui comme une bête fauve et, l'attirant vers l'est, il se laissait poursuivre. Je voulus intervenir une dernière fois. Mais j'avais a peine interpellé le capitaine Nemo, que celui-ci, m'imposant silence :

– Je suis le droit, je suis la justice ! me dit-il. Je suis l'opprimé, et voilà l'oppresseur ! C'est par lui que tout ce que j'ai aimé, chéri, vénéré : patrie, femme, enfants, mon père, ma mère, tout a péri ! Tout ce que je hais est là ! Taisez-vous !

Je portai un dernier regard vers le vaisseau de guerre qui forçait de vapeur. Puis, je rejoignis Ned et Conseil.

J'entendis le panneau supérieur se fermer brusquement.

En peu d'instants, le *Nautilus* s'immergea à quelques mètres au-dessous de la surface des eaux.

Nous étions emprisonnés de nouveau, témoins obligés du sinistre drame qui se préparait. D'ailleurs, nous eûmes à peine le temps de réfléchir.

La vitesse du *Nautilus* s'accrut sensiblement. C'était son élan qu'il prenait ainsi.

Soudain je poussai un cri. Un choc eut lieu, mais relativement léger. Je sentis la force pénétrante de l'éperon d'acier. J'entendis des éraillements, des raclements. Le *Nautilus*, emporté par sa puissance de propulsion, passait au travers de la masse du vaisseau comme l'aiguille du voilier à travers la toile !

Je ne pus y tenir. Fou, éperdu, je m'élançai hors de ma chambre et me précipitai dans le salon.

Le capitaine Nemo était là. Muet, sombre, implacable, il regardait par le panneau de bâbord.

Une masse énorme sombrait sous les eaux, et, pour ne rien perdre de son agonie, le *Nautilus* descendait dans l'abîme avec elle. À dix mètres de moi, je vis cette coque entrouverte, où l'eau s'enfonçait avec un bruit de tonnerre, puis la double ligne des canons et les bastingages. Le pont était couvert d'ombres noires qui s'agitaient.

L'eau montait. Les malheureux s'élançaient dans les haubans, s'accrochaient aux mâts, se tordaient sous les eaux. C'était une fourmilière humaine surprise par l'envahissement d'une mer !

Tout à coup une explosion se produisit. L'air comprimé fit voler les ponts du bâtiment. La poussée des eaux fut telle que le *Nautilus* dévia.

Alors le malheureux navire s'enfonça plus rapidement. Ses hunes, chargées de victimes, apparurent, ensuite ses barres, pliant sous des grappes d'hommes, enfin le sommet de son grand mât. Puis la masse sombre disparut, et avec elle cet équipage de cadavres entraînés par un formidable remous…

Quand tout fut fini, le capitaine Nemo, se dirigeant vers la porte de sa chambre, l'ouvrit et entra. Je le suivis des yeux.

Sur le panneau du fond, je vis le portrait d'une femme jeune encore et de deux petits enfants. Le capitaine Nemo les regarda pendant quelques instants, leur tendit les bras, et, s'agenouillant, il fondit en sanglots.

LES DERNIÈRES PAROLES DU CAPITAINE NEMO

À l'intérieur du *Nautilus*, ce n'était que ténèbres et silence.

J'éprouvais une insurmontable horreur pour le capitaine Nemo. Quoi qu'il eût souffert de la part des hommes, il n'avait pas le droit de punir ainsi. Il m'avait fait, sinon le complice, du moins le témoin de ses vengeances ! C'était déjà trop.

Le *Nautilus* fuyait dans le nord avec une rapidité de vingt-cinq milles à l'heure. Relèvement fait sur la carte, je vis que notre direction nous portait vers les mers boréales avec une incomparable vitesse.

Cette course aventureuse du *Nautilus* se prolongea pendant quinze ou vingt jours, et je ne sais ce qu'elle aurait duré sans la catastrophe qui termina ce voyage. Du capitaine Nemo, il n'était plus question. Pas un homme de l'équipage ne fut visible un seul instant. Plus de point reporté sur le planisphère. Je ne savais où nous étions.

Un matin, quand je m'éveillai, je vis Ned Land se pencher sur moi, et je l'entendis me dire à voix basse :

– Nous allons fuir !

– Quand ? demandai-je.

– La nuit prochaine. Toute surveillance semble avoir disparu du *Nautilus*.

– Où sommes-nous ?

– En vue de terres que je viens de relever ce matin au milieu des brumes, à vingt milles dans l'est. Quelles qu'elles soient, nous nous y réfugierons.

– Oui ! Ned. Oui, nous fuirons cette nuit, dût la mer nous engloutir !

– Nous ne nous reverrons pas avant notre départ. À dix heures, la lune ne sera pas encore levée. Nous profiterons de l'obscurité. Venez au canot. Conseil et moi, nous vous y attendrons.

Puis le Canadien sortit, sans m'avoir donné le temps de lui répondre.

Je voulus vérifier la direction du *Nautilus*. Je me rendis au salon. Nous courions nord-nord-est avec une vitesse effrayante, par cinquante mètres de profondeur.

Je jetai un dernier regard sur ces merveilles de la nature, sur ces richesses de l'art entassées dans ce musée. Je voulus fixer dans mon esprit une impression suprême. Puis je revins à ma chambre.

Là, je revêtis de solides vêtements de mer. Je rassemblai mes notes et les serrai précieusement sur moi.

Je revis dans un rapide souvenir toute mon existence à bord du *Nautilus*... Tous ces événements passèrent devant mes yeux, comme ces toiles de fond qui se déroulent à l'arrière-plan d'un théâtre. Alors le capitaine Nemo grandissait démesurément dans ce milieu étrange. Son type s'accentuait et prenait des proportions surhumaines. Ce n'était plus mon semblable, c'était l'homme des eaux, le génie des mers.

Dix heures allaient sonner.

Éperdu, je montai l'escalier central, et, suivant la coursive supérieure, j'arrivai au canot. J'y pénétrai par l'ouverture qui avait déjà livré passage à mes deux compagnons.

– Partons ! partons ! m'écriai-je.

– À l'instant ! répondit le Canadien.

L'orifice évidé dans la tôle du *Nautilus* fut fermé et boulonné. L'ouverture du canot se ferma également.

Soudain un bruit se fit entendre. Des voix se répondaient avec vivacité. S'était-on aperçu de notre fuite ? Je sentis que Ned Land me glissait un poignard dans la main.

Mais un mot, vingt fois répété, un mot terrible, me révéla la cause de cette agitation qui se propageait à bord du *Nautilus*. Ce n'était pas à nous que son équipage en voulait !

– Maelström ! Maelström ! s'écriait-il.

Le maelström ! Un nom plus effrayant pouvait-il retentir à notre oreille ? Le *Nautilus* était-il entraîné dans ce gouffre, au moment où notre canot allait se détacher de ses flancs ?

On sait qu'au moment du flux, les eaux resserrées entre les îles Féroé et Lofoten sont précipitées avec une irrésistible violence. Elles forment un tourbillon dont aucun navire n'a jamais pu sortir. De tous les points de l'horizon accourent des lames monstrueuses. Elles forment ce gouffre justement appelé le « nombril de l'Océan », dont la puissance d'attraction s'étend jusqu'à une distance de quinze kilomètres. Là sont aspirés non seulement les navires, mais les baleines, mais aussi les ours blancs des régions boréales.

C'est là que le *Nautilus* – involontairement ou volontairement peut-être – avait été engagé par son capitaine; il décrivait une spirale dont le rayon diminuait de plus en plus. Ainsi que lui, le canot, encore accroché à son flanc, était emporté avec une vitesse vertigineuse. Nous étions dans l'épouvante, dans l'horreur portée à son comble!

– Il faut tenir bon, dit Ned, et revisser les écrous!

Il n'avait pas achevé de parler, qu'un craquement se produisait, et le canot, arraché de son alvéole, était lancé comme la pierre d'une fronde au milieu du tourbillon.

Ma tête porta sur une membrure de fer, et je perdis connaissance.

CONCLUSION

Voici la conclusion de ce voyage sous les mers. Ce qui se passa pendant cette nuit, comment le canot échappa au formidable remous du maelström, comment Ned Land, Conseil et moi, nous sortîmes du gouffre, je ne saurais le dire. Mais quand je revins à moi, j'étais couché dans la cabane d'un pêcheur des îles Lofoten. Mes deux compagnons, sains et saufs, étaient près de moi et me pressaient les mains. Nous nous embrassâmes avec effusion.

Me croira-t-on ? Je ne sais. Peu importe, après tout. Ce que je puis affirmer maintenant, c'est mon droit de parler de ces mers sous lesquelles, en moins de dix mois, j'ai franchi vingt mille lieues.

Mais qu'est devenu le *Nautilus* ? A-t-il résisté aux étreintes du maelström ? Le capitaine Nemo vit-il encore ? Poursuit-il sous l'Océan ses effrayantes représailles ?

J'espère que son puissant appareil a vaincu la mer dans son gouffre le plus terrible, et que le *Nautilus* a survécu là où tant de navires ont péri ! S'il en est ainsi, si le capitaine Nemo habite toujours cet océan, sa patrie d'adoption, puisse la haine s'apaiser dans ce cœur farouche ! Que le justicier s'efface, que le savant continue la paisible exploration des mers ! Si sa destinée est étrange, elle est sublime aussi. Ne l'ai-je pas compris par moi-même ? N'ai-je pas vécu dix mois de cette existence extra-naturelle ? Aussi, à cette demande posée, il y a six mille ans, par l'Ecclésiaste : « Qui a jamais pu sonder les profondeurs de l'abîme ? », deux hommes entre tous les hommes ont le droit de répondre maintenant. Le capitaine Nemo et moi.

TABLE